只听见一声轰鸣,
世界仿佛裂开一道豁口,
而我飞了进去。

拥有快乐的秘密

Alice Walker

[美]艾丽斯·沃克 著
闵晓萌 译

江苏凤凰文艺出版社
JIANGSU PHOENIX LITERATURE AND
ART PUBLISHING

Possessing
the Secret of Joy

图书在版编目（CIP）数据

拥有快乐的秘密 /（美）艾丽斯·沃克
(Alice Walker) 著；闵晓萌译. -- 南京：江苏凤凰文
艺出版社，2025. 3. -- ISBN 978-7-5594-8991-3
Ⅰ. I712.45
中国国家版本馆 CIP 数据核字第 2024QL6954 号

Possessing the Secret of Joy by Alice Walker
Copyright © 1992 by Alice Walker.
This edition arranged with The Joy Harris Literary Agency, Inc.
Through Big Apple Agency, Labuan, Malaysia.
Simplified Chinese edition copyright © 2025 Ginkgo (Shanghai) Book Co., Ltd.
All rights reserved.
本书中文简体版版权归属于银杏树下（上海）图书有限责任公司。

江苏省版权局著作权合同登记　图字:10-2024-334 号

拥有快乐的秘密

［美］艾丽斯·沃克 著　闵晓萌 译

编辑统筹	尚　飞
责任编辑	曹　波
特约编辑	郝晨宇
装帧设计	墨白空间·李　易
营销统筹	陈高蒙
营销编辑	徐　可
出版发行	江苏凤凰文艺出版社
	南京市中央路 165 号，邮编：210009
网　　址	http://www.jswenyi.com
印　　刷	北京盛通印刷股份有限公司
开　　本	889 毫米 ×1194 毫米　1/32
印　　张	9
字　　数	164 千字
版　　次	2025 年 3 月第 1 版
印　　次	2025 年 3 月第 1 次印刷
书　　号	ISBN 978-7-5594-8991-3
定　　价	78.00 元

江苏凤凰文艺版图书凡印刷、装订错误，可向出版社调换，联系电话 025-83280257

总　序

艾丽斯·沃克是当代著名非裔美国小说家、诗人、行动主义者、妇女主义①思想的践行者，以及非洲流散妇女主义文学思想的集大成者。沃克多才多艺、成果丰厚，迄今已出版诗集、长篇小说、文集、短篇小说集和传记等多种体裁的作品，各种文类之间相互呼应、彼此互补，共同建构了艾丽斯·沃克精神思想发展的主体框架，呈现了艾丽斯·沃克作品多元文化与多重声音的丰富内涵。

水中跋涉："做一个名叫摩西的女人"

1944年2月9日，艾丽斯·沃克出生于美国南方佐治亚州的

---

① 妇女主义（Womanism），当代美国黑人女性主义批评中的一个重要概念，艾丽斯·沃克的"妇女主义思想"有四个鲜明的特征，即反对性别主义，反对种族主义，非洲中心主义和人文主义。

一个佃农家庭,混合了非洲人、切罗基人[①]和欧洲人的血统。父亲威利·李·沃克是欧洲裔美国人,靠种地、打短工为生,收入菲薄;母亲米妮·塔卢拉·格兰特·沃克是非裔美国人和切罗基人的后代,靠给大户白人家当用人补贴家用。夫妻养育了五男三女共八个孩子,沃克是家中的老幺。佐治亚州充斥着浓重的种族偏见,白人社会不认为黑人需要接受学校教育,但沃克的父母坚信,教育是摆脱贫困的唯一出路。沃克四岁开始上学,八岁便可在笔记本和田野地头写诗。

也正是在八岁时,假扮印第安人玩耍的沃克被哥哥用玩具手枪误伤了眼睛。母亲找到了一个白人医生为沃克治疗,医生收取了250美元的高额治疗费,却没能治好沃克的眼伤,还雪上加霜地扔给了沃克一句话:"眼睛是相互感应的,如果一只眼瞎了,另一只也很可能要瞎。"[②] 多年后,沃克痛彻心扉地写道:"我八岁时的白日梦不是童话,全都是扑向利剑,举枪对着心脏或头颅,用剃刀割手腕。"[③] 沃克开始退隐于孤独,靠读故事书、尝试诗歌创作来化解内心的自卑与痛苦。

1961年,十七岁的沃克获得一笔残疾人奖学金,进入亚特兰

[①] 属于北美印第安民族的一支。
[②] 转引自王晓英《艾丽斯·沃克:妇女主义者的传奇》,华中科技大学出版社2020年版,第9页。
[③] 艾丽斯·沃克《来自一次访谈》,选自文集《寻找我们母亲的花园:妇女主义散文》。

大的斯贝尔曼学院①学习。她似乎领悟到了命运与梦想之间的真谛:"如果我不是永远失去了一只眼睛,我就不会有资格获得佐治亚州给'残疾人'的那一笔奖学金。从字面上说,只需要一只眼睛也能走出世界。"在这里,她受到俄罗斯历史学教授霍华德·津恩的重要影响。津恩不仅开启了她阅读俄罗斯文学作品的大门,而且带领她参与美国黑人民权运动。当时正值民权运动高涨时期,身为犹太裔白人的津恩却是民权运动的坚定支持者,他亲自组织斯贝尔曼学院的学生举行抗议活动。尽管津恩已获终身教授职位,但还是毫无征兆地被校方解雇,此事促使沃克更全身心地投入民权运动。她还愤然转学以示抗议:"1964年,我从亚特兰大的斯贝尔曼学院逃了出来,来到莎拉·劳伦斯女子学院②,因为我认为斯贝尔曼学院反对变化,反对自由,也不理解大多数女性入学时就已成年了,应该被视为成年妇女。在莎拉·劳伦斯女子学院,我找到了自己一直在追寻的一切——行动自由,轻松读书,走自己的路,穿自己的衣,按照自己的想法过自己的生活。正是在这里,我创作了第一个

---

① 斯贝尔曼学院(Spelman College),位于佐治亚州的亚特兰大,由哈利特·E. 伊莱斯和索菲亚·B. 派克德建立于1881年,是历史上第一所黑人妇女高等教育机构。
② 莎拉·劳伦斯女子学院(Sarah Lawrence College),美国一所私立文理学院。创办于1926年,创办之初是专门的女子学院,1969年开始实行男女同校教育。学校曾拒绝了普林斯顿大学合并的请求。2020年诺贝尔文学奖得主露易丝·格丽克(Louise Glück)也毕业于此。

短篇小说、第一本书……"[1]

1965年夏天,大四的沃克与一个基地设在佛蒙特州的"国际生活项目试验"研究团队一起赴肯尼亚,其间还帮助建造一所学校。在非洲发生了影响沃克一生的大事:沃克在非洲与前男友重逢,回到美国才知道自己怀孕了。根据美国当时的限制堕胎法,以胎动作为区分,胎动前堕胎是轻罪,胎动后堕胎为二级谋杀。如果堕胎不成,沃克只有身败名裂地退学,此时的沃克想到了自杀。最后在朋友的帮助下成功堕胎后,沃克通过诗歌创作来倾诉自己的痛苦,以寻找治愈创伤的可能性,她这样评价自己的第一本诗集:"《昔日》(Once)虽然始于悲伤,但它是一本'快乐'的书,充满了乐观主义精神,热爱世界,热爱其中的一切情感。"[2]

1966年夏天,沃克在密西西比州参加民权运动的过程中,结识了一位同样投身于民权运动的犹太裔律师,这位年轻人便是刚刚从纽约大学法律系毕业,后来成为她丈夫的梅尔文·罗斯曼·利文逊[3]。1967年春天,沃克与梅尔文克服各种困难在纽约市结婚,同年迁居密西西比州的州府杰克逊市,成为"密西西比州第一对合

---

① 艾丽斯·沃克《黑人革命艺术家或只在工作和写作的黑人作家,平凡但有价值的职责》,选自文集《寻找我们母亲的花园:妇女主义散文》。
② 艾丽斯·沃克《来自一次访谈》,选自文集《寻找我们母亲的花园:妇女主义散文》。
③ 梅尔文·罗斯曼·利文逊(Melvyn Rosenman Leventhal, 1943—),美国知名律师,以其在20世纪60年代的民权运动中作为社区组织者和律师的工作而闻名。

法结婚的跨种族夫妇"①。婚后第一年,二十三岁的沃克就写下了著名的短文《民权运动:好在哪里?》("The Civil Rights Movement: What Good Was It?"),该论文发表在《美国学者》,并在一年一度的论文大赛中获一等奖。

　　回到密西西比州的决定源于沃克的崇高理想。毕业后的她,时常想起《水中跋涉》("Wade in the Water")这首黑人灵歌,歌词讲述了美国南方黑奴通过水路逃向自由的北方的历史,歌词中的女主人公哈丽亚特·塔布曼,被称为"黑摩西"。这位黑人传奇女性逃离奴隶制地区以后,帮助数百名黑人通过"地下铁路线"获得自由。沃克决心以塔布曼为榜样,返回南方故乡,深入佐治亚州和密西西比州,加入黑人权利运动中,去帮助南方黑人的下一代改变他们的命运,"做一个名叫摩西的女人"。

走上文学道路

　　在故乡的生活依然充满挑战与伤痛。1968年,艾丽斯·沃克因悲恸马丁·路德·金的遇难而痛失腹中胎儿,直至1969年再次怀孕,才迎来女儿丽贝卡的出生。与此同时,从1968年到1971年,

---

① 选自美国电视新闻节目《民主,现在!》的一期采访,《黑暗时代的内心之光:与作家兼诗人艾丽斯·沃克的对话》。

沃克先后在密西西比州的杰克逊州立学院，以及杰克逊市的陶格鲁学院当客座作家，同时教授黑人文学。1970年，艾丽斯·沃克的第一部长篇小说《格兰奇·科普兰的第三次生命》(*The Third Life of Grange Copeland*)发表。由于小说中塑造了自甘堕落的黑人男性形象，被多数评论家认为有悖于黑人作家要塑造正面的黑人男性群体形象的传统原则，一时间，她成为美国非裔文学批评界的众矢之的。

1973年，艾丽斯·沃克出版了第一部短篇小说集《爱与烦恼：黑人女性的故事》(*In Love & Trouble: Stories of Black Women*)[①]。这部集子收录了十三篇沃克早期最为出色的短篇小说，其中包括第一篇小说《罗斯莉莉》("Roselily")和多次被收录入美国非裔文选的《日常用品》("Everyday Use")。在对美国黑人女性的多维书写中，"爱"始终是沃克笔下的主旋律，爱的对象可能是情人、家庭、子女、信仰等，但沃克笔下的爱并不是单声道演奏，它总是和别样的情感混杂在一起，而那些别样的情感往往不可避免地演变为爱的旋律的变奏，继而又将爱的线索斩断，或者说将爱的音符压制，使得整个故事呈现出与原初完全不同的面向。同年，沃克的第二部诗集《革命的牵牛花及其他诗歌》(*Revolutionary Petunias and Other Poems*)问世，作品标题取自诗集中的一首同名诗《革命的牵牛花》，该诗描写了一位名叫萨米·卢的黑人妇女，她因用耕田农具杀死了压迫虐待她的丈夫而被处以死刑。1974年，该诗集获得美

---

① 中文版书名为：《爱与烦恼：艾丽斯·沃克短篇小说集》。——编注

国国家图书奖提名,当年同时获得提名的有十一人,其中包括另外两位女作家——奥德·洛德[1]和奥德里安·里奇[2]。20世纪70年代的美国,正是女性主义运动兴起的时期,因此三位女作家也非常团结,她们三人商定好,如果三人中有一位获奖,那个人就将代表全体美国女性去领奖。最后,这年的美国国家图书奖由里奇和男作家艾伦·金斯堡[3]共同获得。尽管没能得奖,但对于艾丽斯·沃克来说,《革命的牵牛花及其他诗歌》能获得美国国家图书奖的提名,既是对她作品文学价值的肯定,也是对她本人一个极大的鼓励。

1974年,艾丽斯·沃克接受格洛丽亚·斯泰纳姆[4]的邀请,担任《女士》杂志的编辑,年薪11500美元。沃克当时提出的条件是,每周只上两天班,不参加任何会议,这样她的主要精力还可以放在文学创作上。此时,她的婚姻亮起了红灯,她鸵鸟般地将全部精力投入第二部长篇小说《梅丽迪恩》(*Meridian*)的创作。

1975年8月,沃克独自来到纽约州萨拉托加斯普林斯市的雅

---

[1] 奥德·洛德(Audre Lorde, 1934—1992),美国作家、诗人、女权主义者和民权活动家。1989年获美国图书奖(American Book Awards)。
[2] 奥德里安·里奇(Adrienne Rich, 1929—2012),美国诗人、散文家和女权主义者。她被称为"20世纪下半叶阅读最广、影响力最大的诗人之一"。
[3] 艾伦·金斯堡(Allen Ginsberg, 1926—1997),美国"垮掉派"运动的领军人物,代表作《嚎叫》。
[4] 格洛丽亚·斯泰纳姆(Gloria Steinem, 1934—   ),20世纪60—70年代美国著名的妇女解放运动领导者之一,她于1971年创办的《女士》(*Ms.*)杂志是当时最具影响力的女性主义和妇女主义思想阵地。

斗花园[1]，专门从事写作。梅尔文也离开了密西西比州，住到纽约，以期缓和紧张的夫妻关系。沃克感觉自己慢慢进入一种分裂状态，甚至认为自己不适合结婚。尽管梅尔文十分不愿意以离婚的方式来结束他们的紧张关系，但他明显感到，随着沃克作为革命艺术家的名声越来越大，她有一个白人丈夫的压力也越来越大。沃克不无痛心地感慨："生活就是一种神秘性。就像爱情里不容任何障碍物。"

1976年，《梅丽迪恩》出版，沃克曾表示，这部作品以她本人20世纪60年代的生活经历为蓝本，而梅丽迪恩的原型则来自黑人民权运动的传奇人物鲁比·多丽丝·罗宾逊[2]。同年，沃克与梅尔文的婚姻宣告结束。离婚后不久，沃克与黑人历史学家、社会活动家、《黑人学者》编辑罗伯特·艾伦[3]相恋。沃克明确地向罗伯特表示，她不会再走入婚姻的殿堂。

沃克的创作激情和野心注定她将成为一个多产作家。1981年，艾丽斯·沃克的第二部短篇小说集《你不能征服一个好女人》(*You Can't Keep a Good Woman Down*)问世，这部集子共收录了十四篇短篇小说，小说不仅聚焦于遭受双重压迫的黑人女性对爱情和性爱的自由追求，而且还记录了一系列黑人女性探索自我、追求肉体与

---

[1] 雅斗花园（Yaddo Garden），美国纽约州的一家著名的艺术家静修所，专门招待艺术家在此创作。
[2] 鲁比·多丽丝·罗宾逊（Ruby Doris Smith Robinson，1942—1967），20世纪60年代美国民权运动的重要人物之一。
[3] 罗伯特·艾伦（Robert Lee Allen，1942—   ），美国活动家、作家、编辑。

灵魂自由的奋斗历程。她们大胆地向美国社会宣布，黑人妇女的内心世界是完整而不可侵犯的，她们的精神与灵魂更是自由的，决不会接受任何形式的约束。该集子被认为是《爱与烦恼：黑人女性的故事》的续篇，作者所表现的女性主义和妇女主义思想也都达到了新的高度。

艾丽斯·沃克的早期创作，凸显出其强烈的女性主体意识与女性经验，她试图通过描述黑人世界的扭曲、窒息与男性形象的坍塌，来反映黑人群体的生存状况，同时意欲表明，社会历史、政治、经济等因素对人性泯灭也负有不可推卸的责任。因此，沃克的作品被贴上了"批判现实主义"的标签，她也坚定地将自己定义为"革命者"。但细读她的文本，我们可以发现，她的文学创作从一开始就摒弃了20世纪50至70年代美国非裔文学中盛行的自然主义抗议文学传统。譬如关于诗歌《革命的牵牛花》，沃克便直言："尽管萨米·卢至多只能算是一个反抗者而不是革命者，我仍然给这首诗题名为'革命的牵牛花'，在某种程度上，这本诗集是为了赞扬那些不会陷入任何意识形态或种族窠臼的人们。"沃克的文学创作采用了社会现实主义、哥特现实主义、民间书信和神话历史等多种叙事策略，她并没有用赖特式[①]的语言，而是用另一种丰富的艺术语言来重构美国黑人在美国的经历。《爱与烦恼：黑人女性的

---

① 理查德·赖特（Richard Wright，1908—1960），非裔美国小说家、评论家，代表作《土生子》，小说通常以现实主义的笔触，向社会的不公提出抗议与控诉。

故事》有如沃克手中的一面镜子，极具艺术性地映照出美国南方社会中的各个阶层的人物和形形色色的生活，尤其是黑人女性在困苦中挣扎的悲剧命运；《你不能征服一个好女人》则更关注美国黑人女性在生存困境中如何保持其艺术创造力，顽强地与世界和谐共处的生存智慧。可见沃克在这一阶段的文学理想，是要提升个体与他者之间的关系质量，无论男性还是女性，其人格的完整性与和谐性是健康生存与发展的关键因素。沃克这两部短篇小说集的人物塑造和主题思想，均为《紫颜色》(*The Color Purple*)提供了有力的铺垫。

巅峰时期的创作

在酝酿《紫颜色》时，沃克的文学创作已进入成熟期，她希望自己的文学创作由对黑人个体历史的叙述，转而探讨美国黑人家庭的内部冲突，并思考有色族裔女性深受种族和性别压迫的文化根源。身在旧金山的沃克希望在那里寻找一个像佐治亚州的地方，随后租下一个小房子，以期让自己写作的环境与小说的历史背景相吻合，找到足够的创作灵感。安顿好以后，沃克谢绝了所有演讲和教学邀请，用朋友的捐赠买了几件旧家具，问母亲要了一个百衲被图案用于激发灵感，然后将自己所有精力投入《紫颜色》的创作中。

1982年，沃克的第三部长篇小说《紫颜色》横空出世，成为

20世纪美国非裔女性文学史上继佐拉·尼尔·赫斯顿[①]、波勒·马歇尔[②]的作品之后的又一座高峰。当代美国著名文学批评家哈罗德·布鲁姆将艾丽斯·沃克誉为"一位完全代表了我们这个时代的作家"。

《紫颜色》由书信形式构成,其核心内容是西丽、耐蒂、索菲亚、莎格和玛丽·阿格纽斯等黑人女性的成长过程,其中又以女主人公西丽的经历为主线。沃克为读者描画了有色族裔女性在性别、种族压迫下充满卑屈、痛苦、挣扎、自立的人生画卷,塑造了一个最终战胜种族和性别双重歧视,并从单纯懦弱走向成熟独立的黑人女性形象。

1985年,《紫颜色》被拍成电影搬上银幕,导演是好莱坞大导演斯皮尔伯格,美国著名脱口秀主持人奥普拉·温弗瑞在电影《紫颜色》中出演索菲亚,著名黑人女星乌比·戈德堡出演西丽。2005年,《紫颜色》还被改编为百老汇的音乐剧上演,由美国知名的音乐剧演员拉尚兹领衔主演,并于2006年获得托尼奖的音乐剧最佳女主角奖项。

从此,《紫颜色》成为沃克小说创作的巅峰代表。紧接着,1983年,沃克又出版了她的文集代表作《寻找我们母亲的花园:妇女主

[①] 佐拉·尼尔·赫斯顿(Zora Neale Hurston,1891—1960),小说家、黑人民间传说收集研究家、人类学家,代表作《他们眼望上苍》。
[②] 波勒·马歇尔(Paule Marshall,1929—2019),美国非裔女性作家,曾获麦克阿瑟奖金,代表作《褐色女孩,褐砂石》。

义散文》(*In Search of Our Mothers' Gardens: Womanist Prose*)。该文集收录了艾丽斯·沃克从1966年至1982年所写的三十六篇散文式论文,由四个部分组成,这四部分的主题有大致的划分,彼此之间又有所重叠。第一部分由十篇论文组成,主要探讨美国非裔女性文学榜样和文学传统。第二部分由十一篇论文构成,主要围绕美国20世纪中叶风云激荡的政治运动,尤其是黑人民权运动展开。第三部分是该文集的核心,由八篇论文组成,聚焦于《寻找我们母亲的花园》之著名的"妇女主义"思想的主题。在第四部分中,沃克则追根溯源地表达了两个观点:第一,人类文明起源于非洲的母系社会;第二,女性在人类的起源和进化过程中起了主导作用。文集还对建构黑人女性文学传统和表述文化传统提出了一些补充性观点:"妇女主义观是对主流女性主义批评的补充和改写;妇女主义观明确指出了差异的女性观概念。"[①] 时至今日,《寻找我们母亲的花园:妇女主义散文》仍是非洲流散妇女主义思想中最有影响力的文本之一。

艾丽斯·沃克的中期创作不仅帮助自己确立了文学地位,还赢得了美国主流白人文学批评界的肯定和赞许,也促使美国非裔男性文学评论家不得不重视起美国非裔女性文学的发展。20世纪80年代以后,以托妮·莫里森和艾丽斯·沃克为代表的一批美国非裔女

[①] 艾丽斯·沃克《寻找佐拉》,选自文集《寻找我们母亲的花园:妇女主义散文》。

性作家不断崛起，气势日盛，频频获奖。从文学考古到日常用品的象征追溯，从妇女主义到非洲流散妇女主义，沃克的文学思想几乎贯穿了整个美国非裔女性美学思想的发展流变。

巅峰之后

《紫颜色》和《寻找我们母亲的花园：妇女主义散文》出版后，名声大噪的沃克悄然结束了与罗伯特·艾伦的恋情，躲进了位于加利福尼亚的林中家园，与心爱的马匹和狗儿为伴，过起了离群索居的半隐居生活，整整七年时间没有作品问世。这两部作品不仅是沃克文学和文论的巅峰之作，而且在沃克的文学思想中也起着承前启后的作用。从此之后，沃克对黑人妇女的命运和妇女主义思想的思考，不再局限于黑人妇女与美国政治和社会的关系，而是转而聚焦于美国黑人家庭的内部冲突，再延伸至非洲流散族裔妇女的共同命运。她认为，黑人女作家也应承担起对人类的责任。

1989 年，沃克的第四部长篇小说《我亲人的圣殿》(The Temple of My Familiar)问世，连续四个月名列《纽约时报》畅销书榜单。小说采用杂糅文体、碎片叙事、文类并置等手法，借助不同人物的故事，描写和重构了非洲流散族裔的艰辛历史，挑战了白人中心论，颠覆了父权制思想。《我亲人的圣殿》在时间和人物上与《紫颜色》有部分交集，比如《紫颜色》中的西丽和莎格在这部小说中亦有出现，并获得了新的文学意义。

　　1992年，艾丽斯·沃克的第五部长篇小说《拥有快乐的秘密》出版。小说甫一面世就荣登《纽约时报》畅销书榜单。在非洲、中东、亚太地区、欧洲、北美诸国都曾存在女性割礼的习俗，这种戕害女性身体的仪式给千百万女性留下了难以磨灭的生理和心理创伤。小说围绕非洲女性割礼造成女性身心创伤这一主题，揭示了父权制视域下的女性割礼实质上是对女性进行压迫和剥夺女性享受性快乐、性权利的深层隐喻。小说的场景跨越非洲和美国，女主人公塔希正是《紫颜色》中西丽的儿子亚当的妻子，她的故事在《紫颜色》中耐蒂的信中曾被部分讲述。在非洲的奥林卡村，割礼被视作少女的成人礼，抗拒割礼的女孩会受人耻笑、无法婚配。塔希虽然眼见姐姐杜拉因割礼失血过多而死，却在成年后为了对白人入侵自己家园表示反抗，维护本民族的文化传统，而主动接受了割礼。之后塔希与亚当成婚，同耐蒂一行人离开非洲，移居美国。尽管亚当一直在试图帮助塔希治愈割礼给其带来的一系列心理创伤，但塔希始终未能摆脱这些身心的折磨。在先后经历了身体创伤、夫妻疏离、生育困难、孩子智力受损等种种苦难后，塔希决心向当年为自己执行割礼的"桑戈"利萨妈妈寻仇。小说展示了塔希在亲友们的帮助下，不懈地思考与追寻，逐渐认清了割礼背后的文化心理和历史根源，经历了从自我迷失、异化，到内省后绝望反抗的人生轨迹。《拥有快乐的秘密》在时间、地点、情节和人物上都与《紫颜色》和《我亲人的圣殿》拥有一脉相承的关系，这种故事场景和小说人物的延续性唤醒了忠实读者的阅读记忆,带给他们如同故友重逢般的阅读体验。

随着沃克的后期作品一部又一部地问世,读者和研究者都注意到,沃克小说的情节渐渐弱化,人物的主体性渐渐模糊,而沃克本人在小说中的声音却越来越清晰,甚至带有一丝迫不及待的焦虑。她将这种焦虑放进了她的文学世界,化为了文学行动:时而是政治的呼喊,时而是伦理的教诲,时而是生态主义者的忧虑,时而是妇女主义者的自豪……关于美国黑人生命与身份的重建命题,沃克的目光从美国黑人逐渐聚焦到美国黑人女性,再扩散至全世界非洲流散女性,始终致力于描写黑人妇女遭遇的压迫与痛苦、获得的超越与成就。

行动中的革命者

艾丽斯·沃克保持着旺盛的创造力,她笔耕不辍、新作频出:1988年,她出版了第二本文论《与文共生:1973—1987年创作选集》(*Living by the Word: Selected Writings, 1973-1987*)。1996年,沃克的第三本文论《两次蹚过同一条河:向困难致敬》(*The Same River Twice: Honoring the Difficult*)面世。1998年,沃克的第六部长篇小说《父亲的微笑之光》(*By the Light of My Father's Smile*)问世。2000年,沃克的带有散文体和自传体特征的小说《带着一颗破碎的心前行》(*The Way Forward Is with a Broken Heart*)出版。2004年，她的第七部长篇小说《现在是敞开心扉之际》(*Now Is the Time to Open Your Heart*)出版。2013年，沃克出版了她的第四部文论《铺在路上的缓冲垫：冥想录和漫游》(*The Cushion in the Road: Meditation and Wandering as the Whole World Awakens to Being in Harm's Way*)，以及一部诗集《世界将追随欢乐：把疯狂化为花朵》(*The World Will Follow Joy : Turning Madness into Flowers*)。

作为一名黑人女性革命艺术家，艾丽斯·沃克拥有超凡的文采和自由独立的精神。她用富于变化的文学风格和体裁，书写了美国非裔民族和非洲流散民族的情感：由早期现实主义人物的强大精神力量，到中期美国非裔女性文学独特的美学特征，再到后期对非洲流散女性群体和人类命运的关注……在沃克的心里，所有艺术都是在创造性地完成一段段心灵的成长，都是为了获得一种生存状态，一种生活方式，这种追求与肤色和种族无关。从沃克浩瀚的文字里，我们看到的不仅有她的天才，更有她的人性温度；不仅有她的勤奋和勇敢，更有她身为作家的民族使命和职业使命。所有这些品质，最终成就了美国非裔文学史上第一个立志将文字化为行动的女性革命艺术家。

作为一名行动主义者，艾丽斯·沃克坚定不移地致力于推进社会公正、种族平等和性别平等，反对战争以及呼吁和平。2003年3月8日国际妇女节当日，沃克与数千名抗议者集会抗议美国政府参与伊拉克战争，并因跨过了白宫门前的安全线，与另外二十六名抗议人士被捕。之后，沃克就此事接受采访，充分表达了对深受战争威胁的伊拉克妇女生存状况的关切。2008年，奥巴马当选总统，沃克通过杂志《根》(The Root)的网页版，在线发表了《致贝拉克·奥巴马的公开信》，阐述了她为黑人同胞取得国家最高政治职位的自豪感，希望奥巴马吸取非裔美国人遭受歧视的历史伤痛经验，呼吁并期盼整个世界的和平与大同，这也是艾丽斯·沃克文学思想的终极追求。

谭惠娟

2023 年 4 月 13 日于杭州

怀着柔情和敬意

谨以此书献给

清白无辜的女阴

我与非洲人总是相处得不错，我也很享受他们的陪伴。可要指挥黑人们在农场上劳作则是不一样的，他们中的许多人可是看着我长大的。有非洲大陆旅行的经验加持，我拓展了阅历，开始理解他们人生中的密码——"出生、交配和死亡"。黑人们顺应天性，他们拥有快乐的秘密，这就是为什么他们能抗住施加于他们的苦难和羞耻，存活下来。他们在身体上和情感上都充满朝气，这让他们在生活中很好相处。只是至今为止，我还没有学会该如何应对他们的狡黠，以及他们自我保护的天性和本能。

——米雷拉·里恰尔迪[1]

《非洲传奇》，1982

---

[1] 米雷拉·里恰尔迪（Mirella Ricciardi，1931— ），出生于肯尼亚的白人摄影师、作家。回忆录《非洲传奇》（*African Saga*）讲述了自己的成长历程及肯尼亚的历史。——译者注（后文若无特别标注，均为译者注）

孩子们参加了我们在伦敦一家教堂里举行的简单的结婚仪式。

当天夜里,喝过喜酒以后,我们打算上床睡觉的时候,奥莉维亚告诉了我她弟弟的烦恼。他想念塔希。

可他又非常生她的气,她说。我们出来的时候,她正打算文面。

啊呀,那怎么行,我说。太危险了。她要是感染了怎么办?

是啊,奥莉维亚说,我告诉她无论在美国还是在欧洲,没有人会割掉自己身上的皮肉。何况她要这么做的话,也应该在十一岁那年做。现在她年纪太大,不合适了。

唉,有些男人是做割礼的,我说,不过那只是去掉一点点皮。

塔希很高兴欧洲人和美国人不举行成年仪式,奥莉维亚说,这使她更加看重这种仪式。

我明白了,我说。

——《紫颜色》,1982

当有人执斧入林时，林木纷纷说道，斧柄是我们中的一个。

——某保险杆贴纸

第一部分

Part One

塔　希

先前有很长一段时间，我都不曾意识到，我已经死去了。

这让我想起了一个故事：很久很久以前，有一只年轻美丽的雌性黑豹，她和丈夫，以及丈夫的另一只配偶生活在一起。她名叫拉腊。她过得并不快乐，因为丈夫和他的另一只伴侣才是真心相爱的一对。他们友善地对待她，不过是因为这是黑豹兽群强加于他们的义务。他们甚至原本不愿接纳她介入他们的婚姻，成为妻子中的一位，因为他们俩已经非常幸福了。然而，她是兽群中"多出来"的一只母豹，这种事情又是不容许发生的。她的丈夫有时会用鼻子嗅探她的气息和她散发出来的其他气味。他有时甚至会向她求爱。但每当这种事情发生时，另一只名为拉拉的母豹就会变得烦躁起来。她和她们的丈夫——巴巴，会发生争吵，随后会引发争斗：又是咆哮，又是撕咬，还用尾巴抽打着彼此的眼睛。很快他们就厌倦了这一切冲突。他们会躺下来，一面用爪子紧紧攥住彼此，一面轻轻哭泣着。

巴巴会这样对他的心灵伴侣拉拉说，按道理我应该和她做爱，她和你一样是我的妻子。这种方式非我所愿，这是我违心接受的安排。

拉拉泪眼蒙眬地说道,我明白,最亲爱的。我为此所感受到的痛苦简直刻骨铭心。当然,这都是无可奈何的事情,对吧?

他们俩坐在森林中的一块石头上,痛苦不堪。而无人理睬的拉腊这时已经身怀六甲,病弱交加,几近崩溃。大家都知道无人爱她,也没有其他母豹愿意和她共侍一夫。日子一天天过去,她所能听到的唯一声音是她自己内心深处的声音。

不久,她就开始倾听这一声音。

拉腊,声音说道,坐在这儿,这里太阳可以亲吻你。她照做了。

拉腊,声音说道,躺在这儿,这里月亮可以整夜整夜地爱抚你。她照做了。

在一个阳光明媚的早晨,她知道自己已经得到了温情的亲吻和温柔的怜爱。这时声音又说道,拉腊,坐在这块石头上,看看这条溪流平静的水面下,你自己美丽的倒影。

拉腊在她内心声音的指引下平静下来。她坐在石头上,俯身望向水面。她看到了她光滑的、紫红色的小小口鼻,看到了她纤巧的、尖尖的双耳,也看到了她光滑的、闪亮的黑色皮毛。她非常美丽!更何况,她还得到了太阳温情的亲吻,得到了月亮温柔的爱抚。

整整一天,拉腊都十分满足。当丈夫的另一位妻子带着惧意,问她为什么一直微笑时,拉腊只是张大嘴巴,露出牙齿,笑意更浓了。那可怜的妻子浑身战栗地逃走了。她找来了她们的丈夫，巴巴，把他拽回来看看拉腊的模样。

当巴巴看到拉腊时，她在温情亲吻和温柔爱抚的滋养下，显得笑意盈盈的。很自然地，他迫不及待地将爪子伸向了她！他能看出，她与别人相爱了，这点燃了他的欲望。

当拉拉伤心哭泣的时候，巴巴占有了拉腊，而那时拉腊却从他的肩膀上探过头去，凝视着那一轮月亮。

日复一日地，拉腊渐渐觉得，溪水中的拉腊才是自己应有的唯一模样——她是如此美丽，又得到了如此温情的亲吻和如此温柔的爱抚。她内心的那个声音使她相信，的确如此。

如此，在一个炎炎的白昼，当巴巴和拉拉因为她而相互撕咬，恨不得将对方的耳朵扯下来时，她再也无法忍受他们的尖叫和呻吟。这时拉腊对他们俩已经毫不在意。她俯下身去，亲吻着溪水中自己恬静的倒影，然后怀揣着这个吻，一直沉到了溪底。

奥莉维亚

这就是塔希自我表达的方式。

自孩提时起，当她谈及某个话题，想要回避躲闪、含糊其词时，她一贯采用这种方式。她母亲凯萨琳在部族里被唤作纳法，过去曾派塔希去村子里的商店买火柴，一盒一便士。母亲会给塔希三便士，而她至少会弄丢其中的一便士。她会这样讲述那弄丢的一便士的故事：她把那些硬币暂时贮存在一只盛着水的玻璃杯里，这样既安全又好看。谁知一只硕大的鸟儿注意到了杯中硬币的闪光。它从天空猛冲下来，怪吓人地扑扇着翅膀，吓得她失手让那杯水跌落下来。那只鸟儿巨大的喙和张开的翅膀很是瘆人，她别过脸去不敢看它。待她转过头再看玻璃杯时，哎呀——该死的！硬币不见了！

她母亲会骂骂咧咧的，或是将两手放在胯上，一脸悲伤地摇着头，然后自怜自哀地向邻居们哭诉她女儿这个无药可救的小骗子干的好事。

塔希和我那时都是六七岁，差不多一般大。我现在还记得我第一眼见到她时的印象，那情形仿如昨日。当时她正在哭泣，泪水从她沾满尘土的面颊滚落，留下一道泪痕。这是因为村民们聚在一起，迎接我们这些新来的传教士时，周遭扬起了一片尘雾。这些扬尘颜色微微泛红，在潮湿的空气中很容易黏附在人皮肤上。塔希站在她的母亲凯萨琳身后。凯萨琳是一个个子小小、后背凹陷的妇人，黝黑的脸上布满皱纹，流露出固执倔强的神情。一开始我们只看到塔希的一只手——小小的黑色的手，细弱的黑色手臂，像猴子一样环绕着她母亲的下半身，紧紧攥着母亲长长的、木槿色的裙子。随后，当我们，也就是父亲、母亲、亚当和我走近些时，我们才看她看得更清楚了些。那时她正绕过母亲的身体，偷偷地盯着我们看。

我们当时的模样一定挺狼狈。一连数周,我们都一直在赶路,这才赶到塔希所在的村落。我们自己也是风尘仆仆、舟车劳顿。我还记得当时我仰头看着父亲,心里想着:我们穿过密林,走过草地,蹚过河流,行经各种飞禽走兽的栖息地,不知吃了多少苦,终于抵达了他总是念叨着的奥林卡村。这真是个奇迹!

我发现他也注意到了塔希。他对孩子们十分关切,总是宣称,在一个社区里,哪怕只有一个不快乐的孩子,那么这个社区也不会幸福快乐。一个孩子不快乐也不行!他曾经一边这么说着,一边拍打着他的膝盖以示强调。对于一个部族来说,一个哭泣的孩子就是木桶桶底的一个烂苹果!更何况,要无视塔希本来也很困难。因为尽管很多前来迎接我们的人似乎都神色悲哀,但她是其中唯一哭泣着的人。然而,她也是缄默无声的。她露出来的小小脑袋,以及发红的褐色面庞,都因为竭力克制自己的情绪而绷得紧紧的。她眼泪汪汪,泪水顺着面颊哗哗地淌落。除了这一点,她的情绪克制得还是很成功的,表现得令人刮目相看。

我们的欢迎仪式持续了一整天,中途塔希和她的母亲消失不见了。虽然她们不见踪影,我父亲还是询问了她们的情况。那个小姑娘为什么哭啊?他操着一口新近学会的、有些刻板僵硬的奥林卡语问道。长老们似乎没有理解他说的话。他们换掉身上的长袍,神色和蔼地看着他,然后又看着我们,再然后面面相觑。他们环顾四周,目光扫过聚集的人们头顶,然后回答道,牧师先生,什么小姑娘啊?这里没有什么正在哭鼻子的小姑娘啊。

塔希和她的母亲似乎确实消失了很久。她们在凯萨琳的农场待了好几周，那里距离村子有一天的路程。这之后我们许久都没有见到她们。一天夜里，她们在晚祷的时候出现了。只见塔希和她的母亲都穿着崭新的粉色格子棉布制成的宽大罩衫，领口高高的，口袋上装饰有大朵的花朵。她们脸上的神情也很相似，显得既十分困惑，又带有本能的警觉。凯萨琳每次遇到"牧师先生"（他们都这样称呼我的父亲）或是"牧师妈妈"（他们这样称呼我的母亲）时，都是这样一副神情。

我们那时并不知道，就在我们抵达村落的那天早上，塔希的一位姐妹去世了。她名叫杜拉，因失血过多而死。这就是塔希所获悉的全部情况，她只知道这么多。所以，当我们玩耍的时候，如果她被一根刺刺破了手指，或是擦破了膝盖，瞥见自己的鲜血，她就会陷入恐慌。渐渐地，她在玩耍时能够做到毫发无伤。她甚至学会了手上套着两个顶针，做些针线活，只是动作有些小心得过分。

不过，她完全忘记了为什么眼见自己的鲜血会令她如此害怕。这个习惯成了其他孩子奚落她的原因之一。她也常常会为此哭泣。

许多年以后，当她身在美国时，才开始回忆起一些事情。在我们一起成长的那些岁月里，她原本是已经告诉过我这些事的。杜拉是她最喜欢的姐妹。她又任性又爱闹，对麦片粥里的蜂蜜喜欢得不得了，有时甚至会从塔希的那份粥里偷偷拿走一些。在她去世之前的那段日子里，她一直都很兴奋。突然之间，她成为所有人关注的焦点,每一天都收到许多礼物。这些礼物主要是一些饰品:珠串、手镯、用来染红头发和手掌的一包晒干了的指甲花,还有单支的铅笔和便笺簿,此外还有缝制头巾和连衣裙剩下的边角布料,色泽十分光鲜。更别提她还有望得到一双鞋呢!

塔 希

　　她的嘴角处有一道伤疤。哦,小小的,淡淡的,像是一道阴影。伤疤的形状像一根小小的羊角香蕉,或是一轮新月;也像一柄镰刀,尖角指向她的耳朵。当她微笑时,这道小小的阴影似乎滑落回她的面颊,落在她洁白的牙齿之上。当她还是匍匐着爬行的小婴儿时,她曾经捡起一根燃烧着的树枝,树枝从火堆里探出来,而她试图将树枝塞进自己的嘴里。
　　这是距我出生很久以前的事情了,不过我从人们时常的讲述中了解到了经过:当树枝插到杜拉的嘴唇上时,她看上去完全不知所措。她并没有马上把树枝打掉,而是哀哀地哭泣着,一面伸出手臂,一面四处寻求帮助。不,讲故事的人们大笑着说,她并不是在简单地寻求帮助,她是在寻求拯救。

　　有人帮助她了吗?
　　眼前的这位白人巫师医生坐在书桌后,潦草地书写了一小段文字。桌上放置着石头和陶土制成的、非洲男神和古埃及女神的小小神像。躺到沙发上之前，我注意到这些神像。沙发上则铺着部族里惯用的毛毯。

我想了又想，但仍然想不起余下的故事内容。那时的笑声犹然在耳，打断了我的思绪，让我没能讲到我姐姐杜拉被救的那一段。我得知那段灰白色的树枝在灼伤了杜拉的皮肤后，终于还是掉落了下来。但我的母亲或是父亲的其他配偶有没有一跃而起，将哭泣的孩子抱在怀里？我的父亲当时在场吗？我无法回答医生的问题，为此我深感沮丧。我能感觉到他正站在我的脑后，拿着笔，拉开架势，想要得偿所愿地在纸上捕捉记录下一位非洲妇人的精神病症状，以获得他职业生涯的更大荣誉。是奥莉维亚带我来这里的。我们求医的对象不是精神分析疗法的创始人，因为他在行医生涯中精神疲惫、不堪困扰，已经溘然离世了。我们找到了他的一位门生，这位门生会效仿他的做法——包括蓄起浓密的头发和胡须，在桌上摆放小小的埃及雕像，在沙发上铺上部族里常用的毛毯，点燃味道苦涩的雪茄等——这样，他可能会治愈我。

奥莉维亚

你必须牢牢记住我们，塔希那时会这样说道。我们都会大笑起来，因为在美国时很容易忘记在非洲所发生的事。绝大多数人脑海中关于非洲的记忆都很奇怪,因为他们不像我和塔希,他们从未去过非洲。

亚 当

也许这有些奇怪,但我就是回忆不起我第一次与塔希相见时的情景。不过孩子们不会在严格意义上彼此"相见",难道不是吗?除非置身非常正式的场合。这么一说,回想起来,我们抵达奥林卡时的情景当然属于非常正式的场合。当我们抵达村落时,村民们穿上了他们五颜六色又为数不多的盛装,不安地冲着我们微笑。锅里烹制的和架上炙烤的全都是食物。他们甚至还准备了一种温热的、带着瓜果香气的饮料,让我不禁垂涎欲滴地想起了柠檬水的味道。我注意到一些和我同龄的小男孩,他们的双膝坑坑洼洼,脑袋光溜溜的,身体几近裸露。我也注意到一些成年男子,他们脸上涂画着状如种子的部族印记,脖子上垂挂着油光锃亮的辟邪之物。我还注意到了飞扬的尘土、蒸腾的热气和盘旋的苍蝇。女人们赤着胸脯、背着婴孩清扫和整理村落,似乎在迎候检查。我留意到她们下垂扁平的乳房,只是我当时年纪尚幼,还不知道在她们半裸的身体面前难为情。于是我就这么张大嘴巴,瞪视着她们,直到耐蒂妈妈用她的遮阳伞从背后狠狠地戳了我一下,方才移开眼神。

而现在，当奥莉维亚说，你难道不记得吗，亚当？当我们见到塔希时，她正在哭泣呢！我只觉得十分困惑。因为我记忆中的那个小女孩不是这副样子的。我记忆中的塔希总是要么在哈哈大笑，要么在编造故事，要么在为母亲跑腿时，飞奔着跑来跑去、四处撒欢。

有些时候，我觉得奥莉维亚记忆中的，和我记忆中的，是两个完全不同的人。那么，既然塔希和我已经一起生活了这么多年，我想我儿时对她的回忆肯定是准确无误的。不过，要是我的回忆出现偏差呢？

塔　希

他们总是在说，你不能哭！

这些都是前来和我们一起生活的新朋友，眼泪汪汪地迎接他们会给我们带来厄运。他们会觉得我们殴打欺负了你！不错，我们也理解，你姐姐去世了，不过……是时候摆出一副好脸色，让外国朋友们感到宾至如归了。如果你不能好好表现的话，我们就得让你妈妈把你带到别处待着了。

我怎么能相信，这些女人正是我从小相识的那些女人？怎么能相信，她们正是最熟悉杜拉，也正是杜拉最为亲近的那些女人？她几乎每天都为她们买回火柴和鼻烟，也曾将她们的水罐顶在自己头上。

这真是一场噩梦。突然之间,谈起我的姐姐成了为人所不容的事,就连为她大哭一场也不行。

我终于绝望地说道,让我们离开这里吧,妈妈。我的母亲一脸坚定地牵起了我的手,带着我离开村子,向我们的农场走去。

我们在那里待了七个礼拜。离开时,我们早就已经将庄稼打理好了。此外,农场上还住着一个男孩,如果我们决定回到村里去,他会帮我们看管和照料土地。但妈妈和我还是一直待在农场,直到连落花生都已经采收完毕,放到搁架上——就是那种远看像一顶一顶小帽子的圆形搁架———一晒干。随后我们将果实从枯黄的植株上剥离下来,背着成堆成堆的果实,回到村子里去。

我觉得自己是那般渺小无助,尤其是杜拉已经不在我身边,与我斗嘴较劲;也不再奚落我说,我可能已经长高了一枚硬币的厚度,但还是不能和她比肩……而我的母亲就在我前面的小径上步履艰难地跋涉着,她背着的落花生几乎将她压折了腰。

我从不曾见过有谁像我的母亲那样辛勤劳作,也不曾见过有谁像她那样怀着乐天知命的高尚品格负重前行。

她会这样说道,塔希,只有拼命工作才能填补心里的空洞。

但我先前没能完全理解她的话。

而现在,我从她身后注视着她的双腿。注意到有些时候,当她努力攀登一段陡峭的山坡时,她的双腿战栗得多么厉害。在我们的农场和村子之间，有许多这样的小山。事实上，农场的气候和村子里的气候截然不同，那里炎热又潮湿，因为有一条河流经那里，农场上也还覆盖着些许植被。而村子里又炎热又干燥，树木很少。我仔细查看母亲脚后跟上的白色皮茧，内心深处感到，杜拉的死沉甸甸地压在了她的精神上，就像落花生压在了她的后背上一样。她肩负着沉重的负担，趔趔趄趄，步履蹒跚。见她如此，我心里隐隐预感到，当我小心翼翼地循着她的脚印前行时，自己的双脚会浸染上她的血和泪。但母亲从不哭泣。尽管如此，她也和其他女人一样，如果受人召唤，前去向村长及其幕僚们的权威表示敬意，她会发出一声哭喊，那声音在礼赞中夹杂着痛楚，直冲云霄。

塔 希

医生说，一般我们认为，美国黑人女性是所有人群中最难有效分析的一支。你知道这是为什么吗？

因为我不是一名美国黑人女性，所以我有些迟疑，没有贸然回答这个问题。我意识到，就连我的精神治疗师都没有看出我是一名非洲妇女。这让我觉得自己没有得到认可。对我的医生而言，所有黑人都是美国黑人。

那时，我已经连续几个月到他那里进行治疗了。有些时候，我开口交谈；有些时候，我缄默不语。与他的办公室隔街相望的，是一所小学。我会倾听着远处隐隐约约传来的孩子们玩耍的声音，常常忘记了自己身在何处，也忘记了自己因何身在此处。

一听说我只有一个孩子，他吓了一跳。他觉得，不论婚否，这对于一个有色族裔女性来说都很不寻常。他觉得，你们这一族人喜欢生许多孩子。

但是，我怎么能对这个陌生人谈起我失去的孩子们，以及我是怎么失去他们的？面对这么一个人，有那么多无法坦陈的事情，我只能沉默不言。

医生打破我的沉默，说道，我们从来无法对美国黑人女性进行有效分析，因为她们从来无法逼迫自己责怪自己的母亲。

因为什么责怪她们？我问道。

因为任何事责怪她们，他说道。

这可真是个新奇的想法。令人吃惊的是，原本我的脑海中好像塞满了柔软、密实的棉絮，而这一想法的产生仿佛掀起了一场风暴。

不过我什么话都没有说。那两只坚硬如树皮的、灰白色的脚后跟仿佛还在我前面的小路上跋涉着。从双脚上方垂坠下来的衣衫几乎称不上是一块衣料，不过是一片破布而已。她的前额已经勒出了一道横纹，而一条皮带一端悬挂着装满落花生的篮筐，另一端则嵌入了她前额的凹槽中。当她把篮筐取下来时，额头上的横纹仍然没有平复。每逢礼拜天，她会将头巾压低，试图掩盖这一印迹。像母亲这样的非洲女人们给"紧锁的双眉"这种表述添加了一个残酷的注脚。

不过，篮筐本身倒是既可爱又精致，有着红赭色的内螺纹弯曲图案，没人能比她编织得更精巧别致。这些都是我愿意忆及的事情。但并不是所有回忆我都愿意触及。

我并没有怀你到足月，她告诉我说。因为一天，当我洗浴完归家时，受到了一只花豹的惊吓。她的一举一动都很怪异，向我直扑过来。

我试着想象，在我们的农场和村庄之间的小道上，如果出现一只花豹，会是什么情景。眼下那里会有一些野狗和豺狼出没，但像花豹这样美丽的动物还从未出现过。

是利萨妈妈过来照顾我的。

生我的时候还顺利吗？

然而母亲的视线只是越过我的头顶，停留在了我的耳侧。当然，她喃喃说道，生你时当然很顺利。

随后，我们发现有人枪杀了她的配偶和幼崽，剥下了他们的皮毛。母亲叹息着接着说道。

这就是关于我出生的官方版故事。

如此一来，我的意识再一次从我自己和母亲的苦难中抽离出来，进入花豹的世界。很快我就可以清晰地看到她。在洋槐树的斑驳树影中，她正舔舐着她的幼崽，或是与她的配偶交配。紧接着，雷声轰鸣、闪电划过，她的挚爱们全都倒在地上。令她羞愧难当的是，尽管她闻到了血腥的气味，见到尸体横七竖八地躺在地上，在恐惧心的驱使下，她还是不得不逃走了。这之后，当她返回时，她发现挚爱们的形貌与她离开时并无二致，浑身僵硬，气息全无，且皮毛尽失。

我可以感受到花豹心中的恐惧和愤怒。眼下，我看到小径上出现了一个怀着身孕的人类。我一跃而起，想要扼住她的喉咙。

其他孩子曾经嘲笑我。看看她啊！他们叫喊着。快来看，塔希已经神游出我们的世界了。因为她目光呆滞，从那里你就能看出来！

塔　希

奥莉维亚求我不要离开，但她并不明了个中原委。

有这么一种鸟儿，当朋友之间永远别离、不复相见时，它们总是会哀鸣。不过传教士们从不相信有这种鸟儿存在。此鸟名为奥乔玛，又名别离之鸟。当奥莉维亚恳求我留下时，我听到它在鸣唱。我那时很是傲慢自大，母布雷营地还送来了一头驯养的驴子供我骑坐。

我听到奥莉维亚一面紧紧抓住我的缰绳，一面竭力控制着她的呼吸起伏。她一直在哭泣，我忍不住有些看不起她。

她表现得像是个被爱冲昏头脑的人似的。

她说，不管要我做什么事，我都会做。

她还说，不管要我去哪里，我都会去。

只是，请别这样对待你自己，塔希。

外国人总是表现得更夸张、更富戏剧性，非洲人可从来不敢这样。这样会让别人鄙视他们的。

我们从小到大都是朋友，她说道，别辜负我们的友情。

她像个孩子一样哭得一抽一抽的。

别辜负亚当。

我在脑海中勾勒了一个古里古怪又高大伟岸的自我形象。我以一位酋长或一名武士的仪态骑跨在驴背上。我们曾经拥有自己的村庄、成顷的土地，现在却一无所有。我们沦落到乞讨的境地——只是我们身处荒漠中，身边没有可以乞讨求助的对象。

我骑跨在驴背上，居高临下地对她说，有些人说你和你的家人导致了白人之间的不和，他们说得没错。

她停止了哭泣，用手背擦拭着眼睛，几乎大笑起来。

塔希，她说，你疯了吗？

我当时一定是疯了。不然我为什么无法直视她？我顺着她面庞的轮廓，偷偷地瞟来瞟去，眼神掠过她的头顶。她浓密的头发编成两股辫子，在颈后交织成一股，这是她惯常梳的发式。她从来不梳奥林卡女人玉米穗般一绺一绺的传统扇形发式。

我脱下了我格子棉布制成的宽大罩衫，袒露着双乳。剩下的衣物随随便便地缠在腰间。我没有步枪或是长矛,不过我找来了一根长棍,用这根长棍戳戳点点着她双脚附近的地面。

我说,我现在关心的是为我族人民而斗争,除此之外无他。你是外国人,可以择日坐船和你的家人们一道回国。

天哪,她说道,恼怒起来。

我冷笑着,终于和她对视了。我厌恶她编发的方式。

同样,身为一个外国人,你和你的族人们又算老几?你们从不接受我们的本来面貌,也从不效仿我们的生活方式,需要做出改变的总是我们。

我朝地上吐了口口水。这是轻蔑的表示,只有非常年迈的奥林卡人知道该怎样将这种表示用得恰到好处。

奥莉维亚是知道这一动作的含义的。她站在炙热的暑气中,似乎变得萎靡不振起来。

你们想要改变我们,我说道,如此一来,我们就和你们一样了。而你们又像谁呢?你们知道吗?

我又朝尘土中吐了口口水,不过我只能发出吐口水的声音。我的嘴巴和喉咙里都是干涩的。

我说,你们是黑人,但你们又和我们不同。我们是以悲悯的眼光看待你们和你们的族人的。你们只是徒然拥有自己这一身黑色的皮肤罢了。就连这身黑色皮肤都在渐渐褪色。

我这么说是因为她的皮肤是红褐色的,而我的皮肤是黑檀色的。在那些快活的时光里,当我们将手臂并举,欣赏我们所戴的草结手镯时，我只会觉得我们的手臂看起来是多么漂亮。

但她突然从毛驴身边后退几步，双手垂落回身体的两侧。

我大笑起来。

你们甚至不知道自己失去了什么！你们哪来的勇气，竟然把旁人为你们钦定的上帝带到我们这里！他和你所梳的两条蠢辫子，以及那件领口傻高、又长又热的裙子没什么区别！

她终于开口说话了。

她悲伤地抬起下巴，说道，你走吧！我以前不知道你这么厌恶我。

她以一种被击垮的平静口吻说出这一番话。

我把我的脚后跟扎入了毛驴腰腹的两侧，然后一溜小跑地出了营地。我看到了孩子们，他们大腹便便、眼神黯淡，看起来十分老成。我看到老人们平躺在岩石下的阴凉处，衣衫褴褛，几乎一动不动。我看到女人们用骨头熬汤炖菜。除了我们的黑色皮肤外，我们已经被人剥夺了一切。随处可见族人们桀骜不驯的脸，脸上画有我们日渐衰落的部族的印记。这些印记给予了我勇气。我自己也想拥有一枚这样的印记。

我的族人们曾经齐齐整整，亲密无间。整个部族充满了朝气，孕育着生命。

我毫不理睬我心爱的姐妹，不顾她深受打击的表情，决绝地弃她而去。我就像是她前行小路上的那只花豹。

塔　希

能谈谈你做的梦吗？某一天医生问我。

我告诉他我从不做梦。

我不敢告诉他，每一天晚上，我都做着令我惊惧不安的噩梦。

亚　当

你的妻子拒绝谈及她的梦境，医生神秘兮兮地说道。我想象着伊夫琳躺在沙发上，沙发上方是天空女神努特[①]广阔无垠的蔚蓝轮廓。女性的身体成为夜空的象征。我很不自在地坐在椅子上，就好像我被人怀疑是间谍，正在接受问讯。我汗津津的手掌就放在座椅扶手尾端的抓手上。

我耸了耸肩。我当然不能对旁人泄露我妻子的梦。

但有一瞬间，我仿佛回到我们的床榻上，同妻子一起度过夜晚，抵御恐惧。她坐得笔直，双手紧紧抓住枕头，眼睛睁得大大的，全身因为恐惧而战栗着。

她说，梦里有一座塔，我觉得那是座塔，塔身高高的。不过我被困在塔里面，其实并不知道它从外面看是什么模样。塔里起初很

---

① 古埃及神话中的天空女神，也是诸星辰的母亲，是天空的拟人化形象。

干爽，但随着慢慢往下走，下到我被关押的地方，你会发现塔里逐渐变得阴冷潮湿起来。塔里暗淡无光，可以听见如同婴儿的指甲在纸上刮擦一样的微弱声响，声音持续不断、周而复始。黑暗中有成千上万的东西在我身边游走。我看不见它们，然而它们摧折了我的翅膀！我看见它们交错着躺在一个角落里，如同被丢弃的船桨一般。哦，还有，它们强行往我身体的一头塞进什么东西，又从身体的另一头手忙脚乱地把什么东西拽出来。我的身体畸长而且臃肿，全身都是咀嚼过烟草的口水的颜色。真令人恶心！更别说我连动都不能动了！

我先前并不知道我最终会与塔希成婚。许多年来，她就像是我的另一个姐妹，总是在牧师宅邸附近和我的姐姐奥莉维亚一起玩耍，两人还经常和我的母亲一起郊游。我曾毫不留情地取笑她，还总想支使她做这做那的。而她就和奥莉维亚一样，总是坚持己见、毫不退让。我喜欢她玉米穗般一绺一绺的扇形发式，还有她顽皮捣蛋、横冲直撞的行事风格。我喜欢她的沉着镇定，也喜欢她对讲故事的满腔热情。

我们成为恋人，一定程度上是因为我们对彼此如此熟悉。

在奥林卡社会里，最大的禁忌是在田间地头做爱。这一禁忌十分强大，在人们的记忆中，还从未有人忤逆过它。然而，我们打破了这一禁忌。因为部族里绝不会有人想到我们居然能犯下这种事——在田间地头做爱，危及庄稼作物的生长。确实有人曾断言，如果在田间有通奸之类的行为发生，庄稼是绝对不会再生长的——不过从来没有人撞见我们在一起,庄稼地也一如既往地获得了好收成。

当医生等候我就伊夫琳的梦境给出更多答复时,我正想着我们做爱时的情景。

我打破悬念,说道,她梦见他们囚禁了她,摧折了她的翅膀。

医生问道,他们?他们是谁?

我说,这一点我也不太清楚。

那时的她就像是一颗肉质饱满、鲜美多汁的水果。当我不在她身边时,我憧憬着能再次匍匐在她双腿间,我的面颊被她大腿温柔的律动所爱抚。我的舌头不会让我们生儿育女,只会让我们尽享欢愉。在她的族人看来,这种爱的方式是最大、最大的禁忌。

亚　　当

我父亲和阿姨已经决定在我们伦敦之旅的途中结婚,但我无法忍受眼见他们幸福快乐。奥莉维亚见我烦躁不安,既想念塔希又对她感到气恼,对我十分同情。可我也不能忍受她对我的关怀。我在伦敦的街道上咚咚咚地走,直到我的双脚在崭新又硬挺的皮革鞋子中被磨得青一块紫一块。只有这里舒适的天气让日子勉强过得下去。那时正值春天,伦敦城美不胜收。到处都有丁香花盛放,空气中,鸟儿们的鸣唱声不绝于耳。

传教士协会在圣詹姆斯公园附近为我们安排了几间宽敞的房间。奥莉维亚和我在古树下消磨了不少时光。我们喜欢看着男男女女在四点欠一刻准时从家里出来,动身前往其他人家中喝茶,他们从我们面前经过,矜持地低语。我的窗户正朝向林木深处,可以看到广袤的天空。我常常一觉醒来,以为自己仍然身在非洲。

婚礼之后,我乘坐港口联运列车前往巴黎,希望景致的变换能够对我有所裨益。我也想去看望一位年轻女士,她名叫莉塞特。

莉塞特曾作为她所在教会的青年团成员来奥林卡,拜访过我们。我们经常款待来自世界各地的访客,接待工作总是草草完成,甚至有些千篇一律和索然无味。但她和我聊得很投机,谈话间提到了她们一家在阿尔及利亚殖民地生活的经历,正是在那里,她度过了她的青葱岁月。我们还在机缘巧合之下,与对方独处了好几个小时。能有这样的机会,是因为我那时正在照料一位居住在村郊的年长教徒。在他生命的最后几周时光里,无人给他喂饭,无人帮他穿衣。所以我父亲就把这桩差事交付给我。我猜想,他是希望我通过这项工作变得更为谦逊知礼。我无聊得快要发狂了,心中热切地祈祷我的病人能放弃他气若游丝的生命,就此死去。最终,他也确实一命呜呼了。

莉塞特跟随我来到了托拉比的棚屋,接手这项工作。当我给病人喂食、洗沐、包扎伤口时(他躺在一堆破衣烂衫上好长时间了),她就站在一边。她有着栗色的头发、苍白的皮肤,在白人的审美标准里，她明艳照人，非常漂亮。然而她与当时的自然环境却偶有一些不协调。她叽叽喳喳地谈论着巴黎的迷人之处。她说英语时带着一种刻意修饰的口音。

我无法相信，我竟如此轻易就找到了她。不过很快，我们就在她那位于火车站附近的、娃娃屋般的小房子里舒舒服服地啜饮起咖啡来。这处宅子是她外祖母留给她的。在那里，她一直向我讲述她的教师生涯。在她所置身的环境中，我觉得自己是那么格格不入。

话说回来，你远道而来，不是专门为了要听法国高中生的故事吧？她边说边递给我一片小巧精致的蛋糕。

没有打扰到你吧？这么小小的一片能抵什么事？

蛋糕是很小的一片，可爱极了，让我忍不住笑起来。我当时确实是这么觉得的。

我说，你一个人住在这里，没有人打扰你？

她耸了耸肩。

也没有人在意你尚未成婚，自己赚钱养活自己？

当然没有，她说道。虽说直到最近，法国女人才获得选举权，女人也已经不再是私有财产了。说到这里，她有些嗤之以鼻。现在，我们要给一个又一个的男人投票了。她边说边皱起眉头。

我悲哀地笑了笑。

我其实很想问问她的性生活。她是否做过爱？她什么时候做过爱？她与谁做爱？她觉得性爱行为感受如何？她是否知道，是否尝试过不会怀上孩子的性爱方式?

但相反,我问起了她所在的教会。她是否仍然活跃地参加教会活动。她们教会是否仍然派遣青年团去往非洲。

她说,呃,说实在的,我已经失去了信仰。我反复审视我所信仰的宗教,却不能在其中找到自己的位置。在我更年轻些的时候,我觉得教会与我们同在,因为它帮助每个人提升了自己的精神境界。但事实上,这里的人们似乎比以前更加心胸狭窄、小肚鸡肠了。

她突然打住了话头。

别打开我的话匣子。事实上,在教堂婚礼中,新娘总是要承诺"顺从"。而我无法既谨守这一字眼,又让自己的身心得到舒展。我觉得受到了这个词汇的蒙骗。

我想到了我父亲和耐蒂妈妈。他们在举行结婚典礼时,使用了"顺从"一词吗?耐蒂妈妈会"顺从"我的父亲吗?我很了解他们,知道他们会尽力让彼此都高兴,他们之前也正是这样做的。不论是他还是她都不会固执己见、强硬到底。话说回来,为什么在为相互平等、相互深爱的人举行的仪式中,会出现这样一个词?很明显,这是因为女人是被要求顺从的一方,她们并没有被视作平等的个体。

我想到了塔希。每次我们做爱时,她想要得到我的心情就和我想要得到她的心情一样迫切。她主导了我们的大多数幽会。每当我们彼此相拥时,她都会因为兴奋期待而喘不过气来。有一次,她叫嚷着自己的心跳都快要停止了。我们的这种欢愉令我们自己都难以置信。其他人也知道这种欢愉吗？我们经常这样自问。村子里长老们的脸上没有流露出任何知晓答案的迹象。

第二部分

Part Two

塔　希

你们忍心知道我都失去了什么吗？我冲着法官和律师们尖叫着说出了这番话。法官都戴着蠢笨的白色假发。律师则包括我自己的辩护律师和受雇前来的控方律师。他们两人都是年轻有为、衣冠楚楚的非洲人，即使在伦敦、巴黎或纽约这样的大都市出现，看起来也不会有丝毫违和感。我冲着那些好奇的看客尖叫着说出了这番话。对他们而言，我的审判不过是一场娱乐表演。不过最最要紧的是，我冲着我的家人们尖叫着说出了这番话：他们是亚当、奥莉维亚和本尼。

没有人回答我的问题。控方律师强忍住微笑，因为我已经失去了自控力。法官们在茶碟上轻轻叩击着铅笔。

话说回来，去年十月十二日清晨，在翁贝雷汽车站附近的商店里，你是不是特意买了好几把剃刀？

很久很久以前，有一个男人，长着一簇又长又硬的胡须……我不假思索地开口说道，直到我意识到整间庭审室爆发出哄堂大笑方才停下来。我瞥了一眼奥莉维亚，发现就连她也在微笑。哦，塔希，她的神情似乎说道，就算身在此处，身在生死攸关的审讯现场，你还在编造故事！

衣冠楚楚的年轻律师说道，可否请你好好地回答问题，不要试图用你幻想出来的人生迷惑、干扰法庭上的听众，分散他们的注意力。

我的幻想人生。如果没有它，我会多么害怕在世间生存。我是谁？塔希？在美国更名改姓的"伊夫琳"？还是约翰逊？

对我而言，剃刀总是和男人、胡须及理发凳联系在一起。在我去美国以前，我从不会想到要拿起一只剃须刀，用它来刮擦清洁双腿和腋下。

我对律师说道，是的，我买了三把剃刀。

为什么是三把？他问道。

因为我想要确保万无一失。

确保什么事情万无一失？

确保圆满地完成那件工作。

你的意思是杀掉那位老妇人？

是的。

我问完了，阁下。他说道。

那晚，在囚室里，我突然记起在波林根[①]，老人的宅子里，我见过一把巨大的剃刀。是亚当把我带去那里的。它真的很大，就好像它曾是一位巨人的所有物似的。我那时就想：一个男人的脸庞怎

---

① 著名心理学家卡尔·荣格晚年的隐居地。

么可能这么大,用这把剃刀修面,几乎就像是用一柄斧头在刮脸似的。它躺在屋外的凉廊里靠近壁炉的地方,老人将它和一把大大的砍刀配合起来使用,刮下木片以供生火。它黑黝黝的,十分古旧,两侧刻有青绿和古铜色的中国龙。刀片极其锋利。我看着它,几乎挪不开眼睛。老人注意到我对它的痴迷,将它轻柔地放在我的手中,带着几分保护意味地合上我的手指,盖住了它。很漂亮,是不是?他问道。不过我感到,当他看着我攥着那件东西时,眼中有一种疑惑的神情。

我拿着剃刀,眺望整个苏黎世湖。在经历了一番长途跋涉之后,亚当和我终于还是抵达了这里。一想到这一点,我就觉得惊奇不已。

我们先乘坐飞机前往伦敦,因为奥莉维亚要在那里向神智学[①]协会发表演说。随后我们前往巴黎,再然后向苏黎世飞去。这是一座极其干净安逸的城市。实际上,如果从飞机窗户向外看去,会发现整个瑞士似乎都在静静地沉睡。万物整洁明净,人们安居乐业,甚至人们在踏上这里的土地之前,就能感受到空气中欣欣向荣的植物气息和忙于耕作的田园氛围。我能看出,一片片的森林都得到了精心的打理和照料,树木被移植出去,树苗被栽种进来。这里看起来像是一个微缩国家,每一处细微的过失都能毫不费力地得到纠正。

[①] 一种综合宗教、科学与哲学来解释自然界、宇宙和生命等本源问题的学说。

我对亚当评论道,有件事情真是奇怪,显而易见的是,一个民族的特征是镌刻在它的山川水土上的。

他说道,可不是吗,各国各地都是如此。他紧接着说,有些民族,不论他们走到哪里,都会破坏那里的水土。但在这片土地上,人们以此为家、从未迁徙——他边说边指向了恢宏壮阔的阿尔卑斯山——山脉成为这里极佳的屏障。

我们在机场上方盘旋。机场位于一片田野的中间位置,四周可见牛群。随着我们慢慢降落,渐渐贴近地面,还可以看到白色的三叶草和黄色的野花。

我们乘上了一趟开往波林根的列车。它沿着轨道无声地奔驰着。驾驶员是一个红脸颊、乐呵呵的家伙,有着一头泛灰的亚麻色头发。我们看向窗外,看到成片的山地农舍、成顷的葡萄园、成户的玉米地,还有随处可见的花园。

我从未想过,瑞士也会有炎炎夏日。在我的想象中,这里总是雪花纷飞,人们总是踩在滑雪板上出行,大地总是一片白茫茫,巧克力总是散发着热气。无论是感受到太阳散发的炙热暑气,还是看到人们身着夏日的浅色衣衫,再或是瞥见某车站里的冰激凌售卖机,都让我兴趣盎然,十分开心。我自孩提时就在赤道附近的非洲长大,尤其喜欢幻想冰雪掩映下的北国风光。这时我觉得,那个孩童般的自己仿佛正在享受一场视觉盛宴。

当火车快要到站时,亚当似乎有些紧张。每当离别和抵达时,他总会有些不适。我还记得,当我们第一次抵达美国时,他很兴奋，因为我们终于"安然无恙"地回家了。他也很震惊，因为身为黑人，他总是受到各种骚扰。

不，不，他曾经纠正我说，他们如此这般行事，并不是因为我是黑人，而是因为他们是白人。

在那时看来，做出这种区分似乎很奇怪。我爱上了美国，并不觉得美国人有什么特别粗野之处。亚当的父亲曾坚持要他和奥莉维亚学习美国历史，为归国做准备。不过，我从未受过美国历史的濡染和熏陶。我觉得我能以一种更为开阔的视野看待每一件事物。因为我所见到的每一件事物都令我感到新奇，我身在美国这件事本身就让我觉得够奇妙的。如果一个白人粗鲁地对待我，我就明明白白地以牙还牙，用眼睛瞪着他。我绝不会接受纵容这种粗鲁行为的体制，我也总是会直接回击冒犯我的人。我瞪他的那一眼传递出这样的讯息：你怎么这样不懂礼貌？真没教养。

我们一门心思想着漫漫旅途已经接近尾声，却不曾料到我们坐过了站，只能继续在火车上待下去，一直坐到目标地的下一站——施梅里孔。这是一个靠近湖畔、景色怡人的小村庄。我们浑身燥热、手忙脚乱地从火车上爬下来，前往火车站附近的一家小咖啡馆。亚当点了一份三明治——我们已经一整天没有吃过东西了——我点了面包卷配奶酪、蔬菜沙拉和柠檬水。

在那里，我们坐在一棵菩提树的树荫下。我们是两个年逾不惑、身材发福的黑人。我们的鬓发已经开始变得灰白，我们的脸庞有汗珠闪闪发光。我们这副尊容，都可以做霍勒斯·皮平[1]画作的模特了。

亚　当

我首先注意到的是她波澜不惊的凝视目光。这种目光让我害怕起来。

我们一从英格兰回来，见证我阿姨和父亲完婚，我就飞也似的横穿国土，离开了这个国家，去寻找塔希。这是一段漫长的旅途，耗费了我好几个月的时间。因为我经常需要步行，对该去往哪里又是一片茫然。在最后一个月的旅程中，我发现自己正循着一条路线前行，沿途到处可以看见交错摆放的木棍或布局古怪的石头，堆放在酒馆附近作为标记物。随后，当我终于衣衫褴褛地拖着疲惫不堪的身体进入母布雷的营帐时，我被站在那里看守营地的武士们抓住，带到一个独院，接受盘问。

我当时很天真，并未想到这样一种可能性——我可能是被一些非洲解放者抓住了。我也想到过，如果母布雷人真的存在，他们应该都说奥林卡语，或者至少是说斯瓦希里语[2]。后一种语言我倒

---

[1] 霍勒斯·皮平（Horace Pippin，1888—1946），哈莱姆文艺复兴运动的艺术家。
[2] 斯瓦希里语属于班图语支，是非洲使用人数最多的语言之一。

是知道一星半点的。然而情况并非这样。这些自由斗士很明显来自非洲的不同地区。我之后还了解到，营地里甚至还有一位欧洲女士、一位欧洲男士，以及好几位美国黑人男性和黑人女性。因盘问我的人既不说奥林卡语又不说英语，我花了很长时间——大约一周左右——才让他们明白，我并无恶意，只是在寻找某个人。我甚至花了一周时间打手语，连带着在地上画图。随后我发现，他们还是没有相信我的话。首先，他们对我穿的鞋起了疑心。这是一双十分结实的英式凉鞋，是我从伦敦带过来的。当然，还有我那块配有金色氨纶表带的腕表，根据他们的观念和经验，这是只有白人才佩戴得起的奢侈物件。我主动提出把表和鞋交给他们，来换取我的自由。但我很快明白过来，如果他们断定我确实不会伤害他们，也就是说，我不是间谍，他们就打算招募我加入他们的队伍。认识到这一点后，我总算稍稍安心一些了。因为我发现，与这些冷冰冰的黑人面对面时，我是惊惧交加、十分胆怯的。他们完全是一副"公事公办"的样子，相互之间既不开玩笑也不微笑。我以前还从未见过像他们这样的黑人。

有一天，当我用奥林卡语对着他们絮絮叨叨的时候，他们中有一个人眼神闪烁了一下。我觉得是"水"那个词引起了他的反应。在奥林卡语中，表示"水"的词汇是巴拉什，而我不得不持续向他们讨要更多水。我们待在一处被巨大的石壁环抱着的溪谷中，石壁整天都在吸收太阳散发的灼热暑气，天气十分炎热。我觉得自己口渴得要命。我知道他们不愿意把沉甸甸的一罐水送到我的棚屋来。这其中有部分原因是水罐太沉了，从河边运送过来要走好长一段路，另一部分原因是送水不是男人该干的活儿，送水是女人的工作。但话说回来，由于我是一名囚犯，而以最为隐秘的方式审问囚犯是男人的工作，因此带水过来也就顺理成章地成了男人的工作。

在我看到看守眼中一闪而过的光亮之后不久，一位奥林卡年轻人就被带了过来，与我交谈。他说他叫班斯。我们聊了一会儿之后，我略略记起他一些了。其实我真正记得的是他的父母，因为他们是虔诚的基督徒，也是我父亲和教会的坚定拥护者。我上次见到班斯时，他还是个小男孩。他现在也还是非常年轻，不过十五岁左右，有着高高宽宽的前额，机警的、雾蒙蒙的双眼。他说营地里有许多奥林卡人，有男有女。他说塔希当然也在他们之中，不过他觉得她是生病了。

当我听到这番话时，很难再保持镇定。我用力咬紧牙齿，心想，她还活着，这就已经足够了。这段旅程十分艰险又令人疲惫，我曾担心自己无法走完全程。同样，我几乎无法想象塔希靠着骑驴和步行，能够一路存活下来。

由于有班斯出面为我担保，看守我的人态度马上发生了变化。他们本来刻板僵硬，一副荒诞的军国主义化的做派，好像是从希特勒本人那里学来的。而现在，他们终于松弛下来，恢复了普通非洲人优雅、绵软、从容的步调。他们又是微笑，又是打趣，又是给我递茶。

他们解释道，茶叶是营地里的欧洲人送来的。他们中有一位是一个大型茶叶种植园主的儿子。这个种植园曾经迫使上千名非洲人无家可归、四处流浪。这位种植园主家的公子名叫鲍勃，在种植园一直长到十岁，然后被送到英格兰的一所寄宿学校学习。在他们家的庄园里，他见过的所有黑人都是家里的仆人。

这就是我所了解到的，关于这位送茶叶的鲍勃的全部信息。他既知道他们的准确位置，又能够进入他们的藏身之处，这让我觉得很不可思议。后来我甚至了解到，他在这里有自己的棚屋，就坐落在他们的棚屋之间。大多数时候，他就住在棚屋里面。

真是好茶！抓捕我的人一边大笑着，一边大把大把地往茶里掺糖，然后端起满得快要溢出来的马克杯，祝我健康。

母布雷营地仿效非洲村落建造，只不过营地占地很广，房屋较为分散，隐蔽得也很好。没有棚屋搭建在空旷的地方。每座棚屋都安然坐落于靠近高大的树木或高耸的岩石底部之处。圈养动物的围栏同样簇拥着悬崖的崖底。这都让人想起穴居的多贡人古老的居住地。我曾经见过这些居住地的照片。然而，如果有人乘坐飞机从高处鸟瞰，也许除了一缕袅袅升起的炊烟之外，看不到任何迹象显示有人在这里居住。

塔希正待在一间由树枝搭建的粗糙的凉亭里。她躺在草垫上，草垫由营地周边生长的野草编织而成。她身子躺在那儿，头和肩膀靠在一块状如小动物的巨石上，正忙着编织更多的草垫。我无法判断她见到我是否高兴。她的双眼中不再闪烁着期盼之情。它们就像用陈旧颜料画上去的双眼一样波澜不惊、黯淡无光。她面颊的每一侧都有五道小的划痕，就像人们在玩井字棋时用来计分的记号一样。她的双腿又惨白又瘦弱，被捆绑在一起。

她开口对我吐出的头几个字是：你不应该来这里的。

我对她吐出的头几个字是：那我应该去哪里？

这个答复似乎让她无言以对。当她挣扎着想要控制自己的表情，以免流露出她受到了多大伤害时，我双膝跪地，爬到她躺着的地方，把她抱在怀里，叹息起来。

塔　希

我想，他为我而来，他终于来了，尽管恐怕只有上帝知道他是怎样一路找来的。他衣衫褴褛，肮脏不堪，头发状如野人，或是在荒野中被困住的疯子。他就在这里。我能看出来，当他看着我的时候，他不知道该笑还是该哭。我的感受和他一样。我的双眼看到了他，但它们并没有将他的形象映入眼底。我的双眼是干涩的，里面流不出一滴泪水迎候他的到来，就好像我自己藏身在一扇铁门的后面一样。

我就像一只捆绑待售的雏鸡。我面颊上的伤痕几乎已经愈合，但我还是必须扇着风把苍蝇驱走。这些苍蝇被我鲜血的气味吸引而来，它们迫不及待地要在我的伤口上大快朵颐。

第三部分

Part Three

伊夫琳

老人说道，你的痛苦就好比一个粗心大意的木匠，抡起自己的铁锤，砸中了自己的拇指。

他已不再主动承担作为心灵医者的职业任务。他之所以给我看病，仅仅是因为我是一个非洲女人，并且我这个病号是他的侄女、我丈夫的朋友兼情人——法国女人莉塞特引荐给他的。亚当每年两次探访巴黎，而她也一年一次地来到加利福尼亚，探望亚当。一想到亚当和莉塞特这些年来会怎样谈论我，我就觉得很煎熬。当她前来拜访时，我经常需要强作镇定。我偶尔会主动登记入住韦弗利精神病院。经营这家医院的人隶属于亚当负责的教区，在这里我总能弄到病房。

我很快喜欢上了这位老人。我喜欢他个子高高、后背微驼的样子；我喜欢他总穿着那件花呢夹克，衣服因为宽大而在他瘦削的肩膀上晃荡；我喜欢他红润的粉色面庞和小小的蓝色眼睛，那双眼睛注视某人时极具穿透力，被盯上的那个人忍不住会掉转头去，看看他透过自己看到了什么；我甚至喜欢他本人偶尔流露出的疯癫神情，这种神情我自己也有——不过这是一种非常温和的神情，似乎是在他目光所及之处发现了某种宏大的、难以想象的空间设计，令人十分费解。换句话说，他看上去仿佛将不久于人世。我在他身上找到了些许的安慰。

亚　当

最初，她只是提及，她有些时候会产生一种想要自残的奇怪冲动。这之后的一天清晨，我醒来后，发现我们的床脚沾满了鲜血。她说，她完全没有意识到她在做什么，对她所做的事情也毫无知觉。这时，她已经将被切割开的戒指、血淋淋的手镯或是手链，缠绕在了她的两只脚踝上。

伊夫琳

我并不害怕他，一定程度上是因为我并不害怕他的房子。这房子从外观上看像是中世纪欧洲的建筑，尤其是房子的角楼和用小片石板铺成的庭院，特征尤为明显。房子中间有一间圆圆的石头小屋，屋内装有大大的壁炉和板石筑成的灶台。清晨和夜晚时，他会跪在那儿，双膝因为年老力衰而咯吱作响，然后点燃炉火，烹制食物。有时，他在我眼中就像是一位年迈的非洲祖母——不知怎的，在这片更为寒冷的异域化身为一位身材高大、面色红润的巫医。他几乎总是穿着不同质地的围裙。当他劈碎木头，或是在凉廊对面的湖边雕刻立在那里的石柱时，他会穿皮质的围裙；当他烹制那些绝妙的瑞士薄煎饼和香肠，高高兴兴地想要款待我们时，他会穿上一件厚厚的棉质围裙。

他的头发略显稀疏，颜色淡淡的，如同蓟草一般。在我们到访的日子接近尾声时，我有时会悄悄藏在他身后——他正与亚当坐在一起吸烟，眼神掠过湖面，看向彼岸——然后将他的烟吹灭。这一举动逗得他反手伸到背后，抓住我的两只胳膊，把我拉上前来，抵着他宽大的后背和肩膀。他抱住我，我的脑袋像一轮月亮般停靠在他的脑袋上，这时他大笑起来。

我们——亚当和我——曾告诉他，姆泽①（老人），你是我们最后的希望！

然而他只是从我们中的一人看向另一人——神色非常肃穆——然后他会用口音很重的英语说道，不是的，这样说不对。你们自己是你们最后的希望。

伊夫琳

他开始让我绘画。我所绘的第一幅场景是我母亲在路上遇到花

---

① 原文为 Mzee，东非尊称，意为元老、长老或老人家。

豹的一幕。毕竟，这一幕代表着我的诞生。我由此步入现实世界。于是，我先是绘形，然后涂色。画出来的花豹有着两条腿，我受惊吓的母亲倒有四条腿。

为什么会是这样？姆泽问道。

我不知道。

伊夫琳

本尼告诉我，报刊媒体上、街头巷尾间，人们都在议论纷纷，说什么既然我多年来都是一位美国公民，奥林卡政府是否仍有权力审判和裁决我。他觉得我有可能会被引渡回美国。他有些紧张地坐着，把他所做的和这一话题相关的笔记读给我听。

有时我会梦到美国。我深深眷恋并极度思念着这个国家。这可能会令我所熟识的一些人烦忧。在我所有的梦境中，那里有着清澈湍急的河水，欣欣向荣的绿树。街道宽阔，路面铺得平平整整。在梦里，当夜晚降临时，透过高悬于路面之上的窗户，可以看见灯火闪烁。我很清楚，隐于窗户之后的那些人都是暖暖和和、干干净净的，还有肉糜可以饱腹，过得安心又坦然。而我在这里惊恐不安。每每醒来，扑面而来的都是不洁净的气味，等待我的总是传统的麦片粥配水果作为早餐，自我离开美国就从未更换过。只是我的食物总是准备得妥妥当当，食材新鲜又令人胃口大开。这都多亏了奥莉维亚。她在监狱的后厨里给人塞了不少好处，所以很受欢迎。

我问道，如果我被引渡回美国，会接受二次审判吗？

本尼查阅了一下他的笔记，回复说，他也不是很确定，不过他觉得会的。他又高又瘦，一身褐色皮肤，总是容光焕发。可是此刻，他因为恐惧变得迟钝黯淡起来。

回美国再经历一次全部的审判流程，这对我毫无吸引力。

他们所谓的我犯下的罪行在美国完全没有意义。只有在这里才有意义。

伊夫琳-塔希

产科医生弄坏了两把工具，想要开一道口子，大到可以让本尼的脑袋钻出来。随后他操起了一把手术刀。接着，他又操起一把剪刀，这种剪刀一般用于把软骨从骨头上切割下来。当我醒来时，他告诉了我这一切。他说这话时，一种恐惧的神情在脸上挥之不去。他竭力想借玩笑话掩饰这种神情。

约翰逊太太，我想知道，这么大的宝宝（本尼那时有九磅重）是怎么到达那里的？他咧开嘴，笑呵呵地说道，就好像他从未听说过精子的进攻性运动似的。虽然一点都不想，但我还是试图挤出一丝微笑，先是冲着他笑，然后低头冲我臂弯里的孩子笑。孩子的脑袋又黄又青，形状极为奇怪。我完全不知道该怎样让它形状规整起来。我只能希望医生离开后，我可以凭直觉知道该怎样做。我也完全无法设想该怎样寻求医生的指导和帮助。

亚当站在床边，十分尴尬，一言不发。每当他觉得尴尬或是紧张的时候，他都会咳嗽。而现在，他反复清着自己的喉咙。我将自己得空的那只手伸向他。他走近了些，但并没有触碰我。他喉咙里的声音让我如鲠在喉。片刻之后，我将手缩了回去。

塔希-伊夫琳

我好像听到一声很大的声响，就像是什么东西在坚硬的地板上摔得粉碎，声音在我、亚当、我们的孩子和医生之间回响。然而，事实上我们能听到的只有一片沉寂中夹杂着的嗡嗡声。片刻之后，声音就变得像是猴子的尖叫声，听起来十分古怪。

塔希-伊夫琳

当我原原本本地告诉他我怀孕了时，他苦涩地说道，这就解释了清白受孕是怎么来的。他不愧为圣经专家。我们尝试了三个月，他都无法刺入我的身体。每当他触碰我时，我都会流血。每当他向我求爱时，我都战栗着避开。他做的每件事都让我感到痛苦不堪。

然而，不知怎的，我还是怀上了本尼。我们经历了将本尼"送到那里"的痛苦后，又惊惧不安地等待着他的降生。

不管我在孕期是多么不适，我都自己照顾自己。一想到那些步伐敏捷的美国护士会盯着我看，就好像我是她们难以想象的某种生物时，我就觉得无法忍受。尽管如此，到最后，我还是成了那样的生物。因为即便是在我生产的时候，成群结队的护士、好奇的医护人员和医学专业的学生都围聚在我的床边。这之后的若干天里，每当医生为我做检查时，全市的医生护士——天晓得是不是还有全国各地的医生护士——都会赶到医院来，从我医生的肩膀上看过来。还有人询问该怎样处理"那个洞"。我无意中听到医生这么称呼它。他丝毫没有为我考虑，让措辞尽量委婉些。

最终，亚当叫停了这场我身体的杂耍秀。在住院的最后三天里，我紧紧抱着本尼，轻柔地、悄悄地抚摸着他的脑袋，让他头部的轮廓长得更正常些（我凭直觉感到，这应该是我用舌头完成的工作）。有时，当护士把他抱走后，我转过身去，面朝墙壁，很快便沉沉睡去。我酣睡良久，当喂奶时间到时，总是需要护士把我摇晃着唤醒。

我的医生又为我缝合了伤口，伤口的位置和我原先固定伤口的地方相吻合。因为如果不这么做，伤处就会留下一道裂开又无法治愈的伤口。不过，医生缝合伤口的手法非常巧妙，预留出了一些空间，现在我可以更容易地排出小便和经血了。医生还说，生产之后，我可以和我的丈夫过夫妻生活了。

本尼是个容光焕发的褐色宝宝，和亚当长得一模一样。可是他滞留在了医院里。他大脑中某处细小却至关重要的部分在难产的过程中受到了挤压。不过，谢天谢地，在我住院期间，甚至在这之后若干年间，我都没有认识到这一点。

亚　　当

他们在她身下的沙土里挖了一个小洞，那就是专门供她使用的厕所。

当我到来时，她正呆呆出神。只有一位来自奥林卡的老妇人利萨妈妈在一旁帮她。苍蝇四处飞舞，可以嗅到一股轻微却确凿无疑的腥臭味。

利萨妈妈絮絮叨叨地抱怨着必需品的匮乏。她说，要是在早些时候，塔希什么都不会缺少。那时会有许多适龄少女和她一起接受"启蒙"，她们的母亲、阿姨和姐姐会负责烹饪（饮食很关键，因为在这样一段时期，应该吃些专门的食物，保持大便柔软，从而缓解排泄时的痛楚），打扫屋子，浆洗衣物，给塔希的身体涂上香油和香料，等等。

除了见面时打招呼，我之前从未和利萨妈妈说过话。我从塔希那里得知，正是利萨妈妈把她带到了这个世界上。我还知道，在奥林卡人中，她是一流的稳婆，也是一流的医者。不过那些皈依基督教也接受西医治疗的人很排斥她。在母布雷营地里见到她时，我觉得很吃惊，主要是因为她既年老力衰，又腿脚不便，而非出于其他意识形态色彩更浓厚的原因。她拖着一只跛足，穿着破衣烂衫，是怎么从家乡一路走来，来到这么远的地方的呢？

一直到下午晚些时候，她照料了一整天营地里的其他人，上气不接下气地回到这里时，才和我说上话。她一边说着话，一边把塔希挪过来，为她清洗伤口、涂抹膏油。自始至终，她都不肯将伤处称为伤处，而是称它为治愈之处。她告诉我，开始的时候，她一直待在奥林卡边境的一个难民营中。她说，那是可怕的地方，充斥着将死的奥林卡人。在母布雷起义军和白人政府军交战时，他们从战场上逃了出来。政府军中的绝大多数人都来自憎恨奥林卡人统治的黑人少数民族部落。她从未见过像他们那样冷酷残暴的人，特别擅长将战俘们的四肢砍下来。在营地里，她只能徒手工作，除此之外并无其他工具。尽管如此，那里还是很需要她。那里没有草药，没有膏油，没有抗菌药物，有时甚至连水都没有。她曾经在伸手不见五指的地方接生过，接过骨，用石头抚平过截肢后突出的软骨。她无法获得任何助力，只能靠她的病人们神色凄厉地忍受这一切。她说，她的头发就是在难民营里变得全白的。也正是在那里，她几乎谢顶了。她一边说着，一边自嘲似的用粗糙的手前前后后梳拢着头发，现在，我已经光秃秃的，好像一枚鸡蛋了。

在利萨妈妈看来，营地里的其他女人都已经在合适的年纪接受了"启蒙"。时间不是在出生后不久，就是在五六岁的时候。不过，在青春期开始时，也就是十到十一岁左右，她们肯定已经完成"启蒙"了。她曾经与塔希的母亲，也就是凯萨琳争执过，想要在塔希适龄的时候也为她做手术。然而，凯萨琳已经皈依了基督教，对她的建议置若罔闻。利萨妈妈做出一副终于得以正名的苦相，说道，你看你看，现在是成年后的女儿主动找上她，要求做这个手术，只因她认识到这是奥林卡传统遗下的唯一的、确凿的印记。她又补充道，当然现在，塔希不必承受嫁不出去的耻辱了。

我说，我想要娶她。

她说，你是个外国人，想要就这么把我打发走。

我说，我还是想要娶她，说话间我牵起了塔希的手。

利萨妈妈似乎很困惑。她的人生阅历还从未教会她该如何应对这种可能。

我从来没有在营地里见过其他女人。利萨妈妈告诉我们，她们都外出执行解放任务去了。塔希说，她觉得这些女人的任务是寻觅食物和洗劫种植园。这些种植园目前大多留给忠实的非洲家仆们看管照料。实施突袭的一个主要目的是招募新武士，充盈母布雷起义军的行伍。

她觉得，她自愿接受的这场手术将她和这些女人联系在了一起。她把她们想象成强大而不可战胜的。她们是彻彻底底的女人、非洲人和奥林卡人。在她的想象里，在去往营地的漫长旅途中，她们看上去极其勇敢、极具革命精神，也极富自由意志。她看到她们在面对攻击时迅速做出反应。直到有一天，利萨妈妈终于松开她被捆绑的双腿，告诉她可以坐起来，试着走几步。这时她才注意到，她骄傲矫健的步伐没有了，她只能贴着地皮曳脚而行。

现在，她每次小便都要花上一刻钟，月经期要持续十天。每个月有将近半个月的时间都要忍受阵阵绞痛的折磨，几乎丧失行事能力。首先，她要忍受经前绞痛；此外，还有经血几乎无法从利萨妈妈留下的小孔中流出而引发的绞痛。利萨妈妈将塔希阴道的刺痛处用几根荆棘条绑在了一起，还插入了一根稻草。这样一来，伤口愈合的时候，痛处的血肉就不会长拢，也就不会把小孔完全封住。最后，由于残余经血既没有向外流出的通道，又不能再次被她的身体吸收，无从排出，这同样会引起绞痛。她的身体还会散发出血液变质的气味，在我们抵达美国之前，无论她怎样用力擦洗，都无法将这股味道清洗掉。

奥莉维亚

他们回来后，塔希变得极为消极被动。我亲眼见到这一情形，心都要碎了。她不再欢欢喜喜，也不再古灵精怪。她的举止曾经非常优雅敏捷，一举一动都彰显着鲜活的个性。而现在，她的优雅尚存，但一举一动变得迟缓和审慎，就连她的微笑也是如此。她似乎再也不会不假思索地冲你微笑。任何人，只要凝视她的双眼，就可以清楚明白地看到，她在精神上遭受了致命的打击。

就在我们将要动身前往美国的前夕，亚当把她带回了家。尽管塔希抗议说，在美国，亚当会因为她脸上的伤疤觉得她丢人现眼，但他还是在父亲的主持下娶她为妻。在婚礼的前夜，亚当在自己的面颊刻上了同样的奥林卡部族印记。他英俊的面庞肿胀起来，伤口留下的疼痛让他无法微笑。并无人提及塔希纤细双腿间另一道隐秘的伤疤。这道伤疤赋予了她奥林卡妇人的典型步态，双脚似乎总是曳地而行，从未抬高到路面以上。也无人提及，因为这道伤口，她如厕的时间总是那么漫长。更无人提及伤处散发出来的气味。

回美国后，我们用一支状如小个儿火鸡滴油管的医用注射器，清洗伤疤后的区域，从而解决了气味的问题。此举让塔希彻底摆脱了一桩尴尬事的困扰。在此之前，她习惯于每个月有半个月的时间，回避人际接触，几乎过着与世隔绝的生活。

第四部分

Part Four

塔　希

在天气和暖的日子里，老人带着我们乘坐他的船出航。船在苏黎世湖的湖面上起起伏伏、来来回回地转着圈。他红润的面庞在强烈的日光照射下，显得十分热切。他的两只大手灵巧地前后游移，与湖浪和湖风相搏击。忽然间，他的年纪变得无关紧要，不过意味着他头顶长出了一小簇白发而已。我一会儿站得笔直，紧紧抱住船桅；一会儿坐在船上俯下身去，任水沫拍打着我的皮肤，沁凉又清爽。

对我而言，这一片湖水就是一片小小的海域，我能全身心地徜徉其间。姆泽，连同亚当，似乎都被我的神态迷住了。我感觉得到，他们向我投来了赞许的目光。

姆泽对亚当说：你的妻子真是容光焕发，是吧？

我暗自思忖道：也许这是一个好兆头，不是吗？

塔希-伊夫琳

夜晚来临时，老人为我们播放起音乐来。这些音乐有来自非洲的，有来自印度的，有来自巴厘岛的。他收藏了数量惊人的音乐唱片，这些藏品塞满了他家的一整面墙。他还向我们展示了画面中有雪花点的黑白影像记录，这些影像都是他在出游时拍摄的。在播放其中的一段影像时，我有了一些奇怪的反应。那时他正在向我们解释影像中的一幕，许多小孩子躺在地上，排成一排。在他看来，首先，"他们"都是男孩。尽管"他们"都剃了短发，每人腰间都系着一条简陋的缠腰布，但我马上辨识出，"他们"并不是男孩。老人说，他觉得自己在无意间打断了一种仪式庆典，这一庆典是为孩子们准备的成人礼。在他和同伴踏入仪式场地的那一刻，一切活动，不论进展到哪一步，都停歇了下来。老人还说，他觉得还有一点很奇怪。在他和同伴逗留的那段时间里，所有人都一言不发，一动不动。当他们用摄像机拍摄这片区域时，那些人完全僵在原地。孩子们躺在地上，紧挨着彼此，排成小小的一列。大人们就这么僵在仪式的半中间，不仅纹丝不动，而且似乎对一切都视而不见。他说话时，烟斗中的火苗经常会熄灭，方才火就又熄了。于是他大笑着重新把它点燃，继续说道，不过那里有一只身形硕大的斗鸡（这时我们才看到它气宇轩昂地步入镜头的画面）。它一边无拘无束地四下走动，一边声音嘹亮地打着鸣（这是一段无声影像，不过我们还是可以清楚看到它打鸣时是多么地竭尽全力）。那是我们在那里逗留时听到的唯一声音，也是我们见到的唯一活动着的生物。

胶片还在继续播放着。突然之间，我感到一阵恐惧感扑面而来，将我淹没。我无声地从椅子上滑落下来，躺倒在铺在石头地板上的、色彩光鲜的地毯上，晕了过去。这场面活像我被什么物件击中了头部一般，只不过我感觉不到疼痛罢了。

当我恢复知觉时，我正躺在角楼楼上的客房里。亚当和老人正俯身看着我。我什么都不能告诉他们。我不能说，一幅二十五年前拍摄的斗鸡画面，让我彻头彻尾地陷入了恐惧之中。于是我对自己的状况一笑置之，说什么在高海拔地区乘船出行，太过开心了，才引发了我的反应。

老人看上去对我的话将信将疑。第二天下午，我开始画起斗鸡来，对此老人似乎也并未感到惊奇。这些斗鸡成为一系列旷日持久的画作，画面上的斗鸡体形越来越大，样子越来越凶恶。

这之后的一天，画面的一角出现了一只脚，是我画上去的。我画这只脚时，大汗淋漓，浑身颤抖。因为我突然意识到，这只脚的两只脚趾之间，夹着什么物件，一个小小的物件。这只大公鸡伸长脖子，抖动羽毛，昂首阔步地四下行走，不耐烦地啼鸣，都是为了等候着这个小小的物件。

我画这些画时有多么难受，真是难以言表。当公鸡的体形不断增长，那只赤裸的脚也携着那一小片毫不起眼的物件，稳步走近。我感到危机即将到来，令我难以承受的一刻即将到来。这种感觉令人厌恶至极。我一面作画，一面大汗淋漓，浑身颤抖，轻声呻吟。我感到身体里的每个系统，大脑里的每条回路，都在竭力想要关闭起来，就好像大部分的我企图杀死小部分的我似的。我那时已经直接在卧室的墙面上画画了，因为只有在那儿，我才能将公鸡硕大的身体原原本本地画出来。在它面前,我显得如此矮小——我画啊画啊,我挥舞着画刷,画出一根根硕大无比、霞光闪耀的翠羽,也在它血红、凶狠的巨大眼眸中画上点点不祥的金色斑点。

那只脚也越来越大,但还是没有公鸡那么大。

当老人看到这只脚时,他说道:哦,伊夫琳,这是只男人的脚还是女人的脚?

这个问题令我陷入了深深的困惑。我无法回答这一问题,只能用双手捧住脑袋,摆出一副典型的深度精神错乱的姿势。

男人的脚?女人的脚?

这我怎么知道?

不过这之后,当夜色深沉时,我不知不觉地开始画一幅名为"疯狂之路"的图样。在我孩提时,村里的女人们会用泥浆在织出来的棉布上皴染出这一纹样,图案上布满了十字和斑点。突然间,我意识到所画图样下方的那只脚是一只女人的脚,而我所画的正是利萨妈妈褴褛的衣衫下摆的褶皱。

我画啊画啊,仿佛揭开了脑中的一只盖子,往事纷至沓来。我记得,那天我藏身在象草间,蹑手蹑脚地爬到那间孤零零的棚屋外,屋内不时传出痛苦的惨叫和恐惧的哀号。棚屋外的一棵大树下,许多小姑娘排成一长列,躺在光秃秃的地面上,看得人眼花缭乱。不过在我看来,她们似乎算不上年幼。她们都比我年长几岁,年纪与杜拉相仿。然而杜拉并不在她们中间。我凭直觉意识到,棚屋内被人牢牢按住、忍受着折磨的正是杜拉。也正是杜拉发出了那些惨绝人寰的尖叫。尖叫声划破空气,让我心里阵阵发凉。

突然间,屋内一片寂静。随后我看到利萨妈妈拖曳着她的那只跛脚,一瘸一拐地走了出来。起先我没有意识到她还夹带着什么东西,因为那东西既不起眼,又不干净,所以她没有用手指捡起它,而是用脚趾夹住它。一只小鸡——一只母鸡,而非公鸡——正在棚屋和大树之间的土地上徒劳地扒来扒去。其他女孩子已经接受了她们严酷的考验,正躺在树下。利萨妈妈抬起脚,将这一小块东西向母鸡抛去。而母鸡仿佛已经等候这一刻多时似的,马上冲着利萨妈妈抬起的脚冲了过来,在空中衔住抛过来的物件,把它扔在地上。随后,只见它快速动了动脖子和喙,把那一小块东西囫囵吞了下去。

亚　当

最亲爱的莉塞特:

我多么希望见到你,拥你入怀,倾听你充满智慧的话语。我一夜未眠,此时正坐在凉廊外,借着烛光写这封信。太阳正冉冉地从湖面上升起。这里是如此美丽,如此静谧!有时,伊夫琳和我能够一边欣赏着这一美景,一边与你那位和蔼可亲的叔叔愉快地交谈。至少他们俩相处得不错。你是知道的,我之前一直担心他们俩合不来。伊夫琳不太容易亲近任何医生。这些年,她总是撇下治疗师,留他们灰溜溜地跟在她身后跑来跑去。

正如你之前提到的,待在这样一处与世隔绝、宁静美丽的地方,又有我在这里陪伴着她,这似乎让她得到了抚慰。你的叔叔年事已高,这似乎也很让她欢喜。她有时一见到他就快活起来,我觉得她是把他想象成了类似圣诞老人的人物。她如此仰慕充满异国情调的西方世界和欧洲文化,因此,他俨然是这一文化的又一代表人物。

我似乎能听到你在疑惑地发问,既然一切安好,为什么我会在这样一个万籁俱寂的时刻独自清醒,一整夜都无法入眠呢?容我慢慢讲述给你听。几天前的晚上,你叔叔把去东非旅行时录制的一些老片子放给我们看——这些影像曾让幼年时的你痴迷不已,也正是这些影像促使你前往非洲,和我在那里相遇!总之,那天我们外出野餐,又乘船向南行至施梅里孔,向北行至屈斯纳赫特[①],玩了一整天。你叔叔外出前,用他祖母留给他的一口老式保温锅,设法为我们焖制了一些烤猪肉和土豆。也许,对伊夫琳来说,这口保温锅更证实了他的魔力,真是太有趣了。我们回到家后便大快朵颐,享用了一顿美餐。这时,他将这些影像播放给我们看。长话短说,在某段影像快要结束的时候,她晕了过去。她身体僵硬,牙齿紧咬,表情狰狞,最最古怪的是,她双目圆睁。当然,眼见这番情

---

① 瑞士苏黎世州的宁静小镇。

景，我们一时间还以为她死去了。之后她悠悠醒转过来，竭力想用玩笑话将整件事搪塞过去。说什么她只是不习惯这么丰富的活动——又是航行，又是步行，又是吃吃喝喝的——她对这种海拔又完全不适应。

尽管我们在施梅里孔的旅舍有间房间，但我们还是时不时会在你叔叔家过夜。再说，他和伊夫琳两人相处得很融洽。于是我们在上述事件发生的当晚，留在客房里度过了一夜。伊夫琳一夜不得安眠。第二天清晨，她早早起床，早饭都没吃就开始作画。

她开始画一只小公鸡。画了一遍又一遍，画纸越铺越大。与她脑海中那只怪物般的巨鸟相比，她手中握着的那张画纸似乎在不断缩小，她也随之变得狂热起来。然后她产生了一个疑问，该怎样调和她手中的颜料——这些颜料是你叔叔一片好心给她的——调制出某种她称之为黑铬绿的颜色来呢？她疯狂地想要调制出这种颜色，只有这种颜色，才能画出这只禽鸟的尾羽。她情绪焦躁，很不耐烦，一面将小幅的画作撕成碎片，一面撕扯着自己的头发。这时，你叔叔正坐在湖边的一张帆布椅上，读着书，也可能是假装在读书。我之前留意到，壁炉边的角落里扔着一只被摔破的罐子，风格是前哥伦比亚时期的。这时我也小心翼翼地捡起碎片和胶水，心不在焉地修补起它来。她对我们俩却一直视而不见。

突然间，她拿起颜料和画刷，离开了我们。只听见啪的一声，她重重关上了楼上卧室的门。随后就是一片寂静。唯有湖水拍岸声、鸟儿吱喳声和林木间风儿穿行的沙沙声依稀可闻。由于罐子有三分之一的部分都丢失不见了，所以我只能尽我所能地修补好罐子。老人把书搁放在双膝上，已经沉沉睡去了。

当夜幕降临时，我尽量推迟上楼睡觉的时间。楼上似乎静悄悄的，我不想打扰那儿的一切。我希望伊夫琳已经不堪疲惫，陷入沉沉的昏睡，这种昏睡有时会持续数日。但当我终于在不知不觉间爬上楼时，我注意到，卧室的门缝下透出一道光亮来。我一打开门，迎面就看见伊夫琳。时间已经过去不止十二个小时了，她还在忙忙碌碌地作画！她那时正在画一只长满羽毛、硕大无比的动物——这么说是因为这只动物看上去太凶狠、太邪恶了，无法简单称之为小鸡或公鸡——这幅画就直接画在了你叔叔原本洁白无瑕的墙面上。

她四下看了看，像是想要罢手。不过，她一听到我进房间的声音，就转过身来，瞪着我看。她既没有说话，也没有别的认出我的表示，那神情肯定是对我视而不见的。她只是又转过身去，面朝她绘制的那幅怪物，似乎要扑向它。

我感受到了彻骨的寒意。这并不仅仅是由于她一脸病态、几欲发狂，我已经习惯她的这种表情了，而是因为她毫无顾忌地损坏你叔叔的房子，也因为那幅画本身。当然，我并不知道画对她意味着什么。但即便不知道它的含义，我也从灵魂深处感受到，她所遭逢的是怎样的邪恶力量。

莉塞特，事情就是这样。这就是为什么我一夜无眠之后，又早早起床。

希望你一切都好。也希望你能继续写信给我,信件劳烦你叔叔转交就好。你的来信给我力量,也给我安慰,这些年来一直如此。我总是在想,能有你这样的朋友,真是人生一大幸事。

你的,
亚当

塔　希

当我最终完成"那只畜生"的画像时(后来我们三个人总是这样称呼它),我已经身心俱疲。我一头躺倒在床上,沉沉睡去。当我被林木间的风声、湖浪的拍岸声和刻意压低的言语声唤醒时,已经是次日深夜了。我一点也不想动弹。我保持着躺倒时的姿势,只是带着惧意慢慢将双眼转向左边的墙面,深深凝视着我所绘怪物的邪恶目光。它不再让我觉得恐惧了。事实上,我觉得我似乎第一次原原本本地审视我焦虑的根源。很明显,这只公鸡骄傲自负、唯我独尊又趾高气扬,是给它投喂的食料让它变成这样的。

我凝视着那只脚。又跛又卑微,还很愚蠢——仿佛是从它上方的女人——利萨妈妈身上拆卸下来的。想到这里,我平静的内心激烈震荡起来。我感到自己的情绪痛苦地奔涌着,像是要漫过她长袍的褶边。我被悲伤所淹没，泪眼婆娑地凝神望向门口。正在这时，亚当英俊的面庞出现在门口。姆泽则端着一只托盘，跟在他的后面。

他们带来了牛尾汤，黑麦面包，胡萝卜棒，一段西芹，一杯热苹果酒和一束鲜花。他们微微带着点儿期待的神气，轻柔地将我从床上扶起来。我吃东西的时候，他们想要逗我开心，告诉我说，为了准备这顿饭，他们经历了一次厨房探险之旅。老人按照记忆中母亲的食谱，调制了这碗汤；亚当亲手做了面包。西芹、胡萝卜和鲜花都是从屋后的花园里采摘来的。姆泽道歉说，胡萝卜在泥土中留存了太久，沾上了土腥气。不过，我倒是觉得它们是最美味的。它们的纤维在我的口中摩擦，口感十分清爽，凉凉的又有嚼劲，非常可口。

我指着我画的那只畜生说道，我必须为这一切道歉。

亚当说道，它确实挺大的。说完他十分平静，因为他知道我们俩晚一些时候会谈谈这件事。

姆泽说，不许道歉。他走近看了看它，然后转身穿过房间，走到窗边的一张椅子边。从那儿他又再次看了看它。

沉思了将近一个小时之后，他说道，很醒目。

最后他走上前来，取走了托盘。我把所有东西都吃光了，这让他挺开心的。他穿着一条棉围裙，围裙上全是按他母亲食谱煮汤的痕迹。靠近他腰部的地方，有一小块醒目的红褐色血迹。我平静地看着它。长久以来，我一直害怕见到血迹。曾经有一段时间，如果我割伤自己，不论是事出偶然还是有意为之，我都完全意识不到。

亚当离开之后，姆泽仿佛自言自语地说道，这才是一直以来我应该采用的治疗方式。治病救人可不是一个贪图享乐的职业。他一边深深地叹息，一边在床上坐下来，坐在我身边，伸出手握住了我的手。

我那闪着银光的黑色手掌抵着他那淡红色的、羊皮纸般的手掌，显得非常好看。他若有所思地盯着我们的手，看了好一会儿。

他说，有件事我挺好奇的。

是吗？我用不纯正的瑞士口音说道。这种口音经常把他逗乐。我觉得瑞士人开口说话时，他们那口瑞士腔听上去傻乎乎的，只有老人例外。不过，这也可能是因为，世界其他地方的人总是取笑他们古怪的发音和奇特的约德尔调。不管怎么说，我喜欢说"是吗"。这个词从我嘴里说出来时，听上去挺滑稽，总把姆泽逗得微笑起来。

这时他在围裙胸口的口袋里摸索着他的烟斗。

这么做了之后，你是不是好些了？他一边摸出烟斗，把它点燃，一边询问道。你感觉自己好点了吗？

我毫不迟疑地回答道，好太多了。见到姆泽和亚当时强咽下的泪水，此时沉甸甸地顺着下巴滚落。然而，就像并没有哭泣一般，我继续用平稳的声音说，当我画完这幅画时，我记起了我姐姐杜拉的……我姐姐杜拉的……我再也说不下去了，喉咙就像堵上了石块一般。我心潮起伏，满心哀怜。我知道那块石头是什么，那是一个词，词语背后隐匿着我所寻找的最初的情绪。正是这些情绪将我吓得几近疯癫。在石块将我的喉咙封住之前，我一直想要将这个词吐露出来：我姐姐的死，因为之前我常常这样想起杜拉的离世。她就这样死去了。她一直流血，一直流血，一直流血，然后就死去了。没有人为她的死负责，没有人受到责备。而现在，我深深吸了一口气，喷出气流，冲击着封住我喉咙的石块，把它用力冲击开。我说道，我记起我姐姐杜拉是如何被谋杀的了。我感到全身经历了一场痛苦的整合，我知道我的眼泪将回流进我的灵魂。我不会再一直哭泣却又不明所以。我开始在姆泽老迈的臂弯里号啕大哭。良久之后，当我的哭声渐渐平息，他擦干我面颊上的泪水，轻抚着我的头发，像母亲一般，伴随着我的每一声抽泣，轻拍安慰着我。

我说，当时他们不知道我躲在草丛里。他们带她去了"启蒙"的地方。那个地方非常隐秘，与世隔绝，未受"启蒙"的人是不被允许去那儿的。那地方和你播放录像中的地方很相似。

姆泽说，啊！

我忽然间感到难以言状的疲惫，说道，事情发生后，她似乎一直在我耳边尖叫。

老人的烟斗似乎被我的泪水浇灭了。他又重新将它点燃。

我叹息道，只是那时我没有听懂她在求救。

老人说，那时你不敢听懂她的声音。

我不太明白他的意思，不过不知怎的，他的话听起来挺有道理。

他若有所思地轻抚着我的额头，然后静静地站起身来，留我继续我漫长的酣睡。

姆　泽

亲爱的莉塞特：

二十五年前，肯尼亚的当地人自然而然地称我为"姆泽"。从那时起，再也无人这样称呼过我。即便是在那时，我的头发也已渐渐花白，我的腰板也已渐渐佝偻，我戴上了眼镜。不过，当他们称我为"老人"时，不知怎的，我觉得他们所指的是我年龄以外的一些特质。他们从我身上辨识出了老成持重、寡言避世等特点。也许，这么想是我太自以为是了。当黑人因为白人的一些特点，给他们贴上一些善意的标签时，白人通常会这样。我们白人自己倒不觉得我们有这些特质。也许在我们内心深处，我们预计只会被人诽谤中伤，称我们为"恶魔"都算是客气了。有件事曾经令我非常惊讶。不论我在哪里讲学，不论我身处世界何地，有一句话是令每一位有色人都非常感激，甚至起身致谢的："欧洲是万恶之母。"话虽如此，他们还是摇着我这只欧洲人的手，直视着我的双眼，热情地微笑着。其中有些人竟然还拍打起了我的后背。非洲人根据我们的言行举止留给他们的印象，为我们取名。一位总是匆匆忙忙的同事成了"不耐烦"，我们团队中最贪吃的那位成了"吃得多"。他们还称他们中最黑的那位为"午夜之月"。一眼望去，他的皮肤确实乌黑锃亮。

让病人住在自己家中，与我仅仅一厅之隔，这对我来说是一种全新的经历。这里是我自己静养的宅子，也是我自我疗伤的隐秘之所。我当初做出这样的安排完全是你的恳求和敦促使然。然而，现在亚当和伊夫琳住在这里，就好像他们最初就属于这里似的。有时，当我坐在湖边，视线偶尔掠过房子的阴翳时，伊夫琳正从那里探身向外看去。

令我深感触动的是，在我家窗口见到她黑色的面庞，显得是那样自然。有时亚当坐在我家门阶上的一大片阳光下，尝试着修理祖父钟表里的弹簧，而我注视着他，这一幕唤醒了我内心的渴望，甚至是记忆。

他们正在经历着难以言状的痛苦，却也让我认清了我自己内心的一些东西。我在他们身上找到了自己。我常常感到，有一个自我在欧洲大陆上总是倍感束缚，不得自在。在我欧洲人的皮囊中，有一个古老的自我，孜孜以求地想要知晓自己先祖的经历。那个自我需要这种知识，以及由这种知识而生发出的情感，才能变得完整。那个自我对伊夫琳遭受的暴行深感恐惧，但也认识到，这种暴行也是我遭遇过的。这是一个真正的大我。这正是我在欧洲"职业"生涯中常常缺失的，治疗的精髓所在。

不管怎样，我得问问伊夫琳，为什么她好像并不害怕我家的角楼。还有，要是我给她一大包黏土作为礼物，她觉得怎么样。

念你的叔叔，
卡尔

第五部分

Part Five

奥莉维亚

关押塔希的监狱兴建于殖民地时期，大约是该国独立之前三十年前后的样子。在监狱落成之前，这处地方就已经年代久远了。一些非裔美国南方人到了一定岁数，说到死亡时，也会这么说。当这座城镇还是一座占地很小的小镇时，监狱就在镇子的"老"城区建起来了。城内可见几条小街，街道两侧坐落着一些维多利亚种植园风格的木质房屋——房屋建有幽深蜿蜒、绿植成荫的游廊——街道环绕着一个小小的中心广场。人们可以想象，在这里，身着丝裙的白人女士们打着颜色与衣裳相配的遮阳伞，络绎不绝地从这里步行走过。在孕育和诞下房子的主人之后，她们又有什么别的事情可做呢？事实上，如果从公园的对角穿过，朝着更为宏伟的宅邸方向走去，还可以步入一条通道。时至今日，这条通道仍被唤作"白人女士小路"。不过，在今天，除一些旅客以外，少有白人会在这条小路上漫步。这些宅子目前被政府官员和公务员征用作办公场所。早些年，在该国刚刚独立时，一些黑人搬入了这些宅子。当他们有能力在镇外更远一些的地方建造更大、更僻静的院落时，又从这里搬了出去。而他们建造的院落已经在参差错落间形成了一座典型的非洲城市。比方说,"白人女士小路"很快就不再通向一座花园了,而是通向了市场。原先的这座花园交由非洲工人打理,管理上滴水不漏,仅供游人闲逛,或让肤色苍白的孩子们晒太阳。市场上有着五颜六色、摇摇欲坠的货摊,冒着炊烟的炭盆中传来阵阵令人垂涎欲滴的香气。小贩们巧舌如簧,在一片嘈杂声中兜售着自己的货物。小动物们竭力挣扎,发出凄厉的叫声,却仍然成为待价而沽的货物,难逃最终的屠戮。

从监狱的一侧,俯瞰一段距离,可以看到成列的简陋小屋的屋顶,以及成行的政府办公室的屋脊。在刚刚摆脱殖民的一段日子里,曾有传言说,这座监狱建在山上是有原因的。这一解释曾张贴在靠近监狱入口的地方,现在却因为年代久远而难以辨认。原因在于,这座监狱同时兼有战略要塞和战地指挥所的职能,在设计建造之初就打算用于先发制人,震慑非洲人,镇压他们的起义。监狱底部挖有一些掩蔽壕。在灰扑扑的灌木、九重葛、角豆树的树丛间,在木槿花的花朵掩映下,依稀可见一些炮兵的岗哨。

我在同亚当前去探望塔希之前,从未见过这座监狱。从外观上看,它曾经雪白的外墙现在布满了褐色条纹,四个角落里有灰色的水泥块及小段的黑色梁柱从墙体中伸出来,许多扇窗户都已经碎裂,或是完全脱落了,看上去几乎无法居住。当然,真实情况并不是这样。房间里仍然被囚犯们塞得满满当当的——他们或高或矮,或胖或瘦,年龄各异,男女皆有。当人们离开相对安静的街道,迎面碰上的就是这堵阻隔着喧嚣噪声和扑鼻恶臭的墙体。二楼已经经过改建，供人数日增的艾滋病患者居住。他们之所以被送至监狱，而非送到医院，是因为医院太小，已经人满为患了。在将近一年的时间里，政府部门都闭口不提国内有艾滋病这样的疾病存在，而现在，有关部门才终于半遮半掩地承认了。不过，报刊新闻中仍然没有给出官方论断，解释这一疾病产生的根源。这层楼的房间中并没有传出噪声之类的声音，因为不论是男人、女人还是孩子都病恹恹的。他们要么行动迟缓地四处走动，相互照料；要么憔悴不堪，仿佛已经死去一般，静静地躺在地板的稻草垫上。当我们往房间里看时，似乎并没有人留意到我们。

我们循着楼梯，上到三楼，我转身面向亚当，尽量用开玩笑的口吻说道，我想回家。

我们都想回家，他脸色阴沉地回答道。他的神色既消沉又无助。如果一个男人，永无休止地受制于他无法掌控的女人及自己的境遇，他就会是这样的表情。

本图·莫拉加（本尼）

只有钱才能改变一切，买通一切。我扫了一眼手中的笔记，对母亲说道。

她一面注视着窗外，一面说，你不能么想，这也太像新非洲人了。

可是，看看你这里的这些东西，我指着她囚室里新漆的墙面说。房间里还有她崭新的红色塑料椅，她的书桌，书写材料和书籍。

她微笑着说，我不能再负罪感满满了，我已经进监狱了。

我随她微笑了起来。我喜欢母亲在监狱里的样子。在这里，她热情又放松，和我所熟知的那个神经紧绷、眉头紧锁的母亲判若两人。

我说，其他犯人中，能有独立囚室的可不多。

她认同地说，确实是这样。只有那些很快就能买通关节、逃脱惩罚的权贵才能有这种待遇。她皱起眉头，一时间又变回以前那个她了。

我们听到走廊的另一端传来权贵们的声音。他们成天要么玩扑克牌，要么把收音机音量开得震天响，要么喝啤酒。和母亲不同的是，他们的囚室从不上锁。有时，即便是已经到了深夜，他们也会互相串门。有时，他们会拜访我们，偶尔还给母亲捎来些啤酒，而母亲也欣然接受了。

我之前并不知道"权贵"是什么意思，直到我在母亲接受庭审时看到那些法官。的确，他们都戴着大大的白色假发[①]，两鬓垂下些卷发，脑后拖着根辫子。母亲嘲笑了他们。我想，他们肯定注意到这一点了，我觉得他们肯定会因此惩罚她。当我坐在审判室里，

---

① 英语中"权贵"（bigwig）一词字面意思是"大大的假发"。

旁听整个审判流程时，我给自己写了一条备忘，提醒自己这一点。

有许多事情都是我不能做的——比如说，开车——即便只是想想也不行。我曾觉得，我在学校读书时，学业总有点跟不上，这里面一定有些蹊跷。每当我就快要赶上时，总会有那么一瞬，我真真切切地感到，自己又从山顶滑下了山坡。最后，终于有人向我解释——这人既非我母亲又非我父亲，而是我的一位老师——我有点发育迟缓，这种迟缓与大脑记忆有关。意思是，就像有人高有人矮一样，有些人相较别人而言，持续思考的时间更长些，而有些人则更短些。听到这番话，我才松了一口气。别担心！我的老师马克米兰小姐大笑着说道，你注意力的持续时间和一般美国电视观众一样。如此一来，我才没有产生一种负面的感觉，觉得自己在某些不太好的方面"独赋异禀"，这是我父亲杜撰的表达。

不过，很多时候，我还是希望自己能够记住母亲打发我去商店购买的东西是哪些。我希望即便没有名单，我也能应对很多情况。我去市场需要名目单；去上学需要名目单；去邻居家的后院玩一下午，要带去什么，带回什么，也需要名目单。我还需要名目单记录街道的名字，指引我回到家里。无论别人要我做什么，我都无法记住。我甚至记不住别人是否要求过我。只有母亲脸上的恼怒表情能唤起我的注意，不过那也只能持续一小会儿，随后我连她的表情都会忘记。

母亲最喜欢说的一句话是，你居然没有忘记我是你母亲，真是奇迹！话说回来，这一点我倒从来不曾忘记过。也许这是因为我觉得自己被她的气息牵引着。这种气息既温暖和煦，又温情脉脉。我觉得自己原本可以在她的一只臂弯下度过幸福的一生。不过，我从未提到过这种想法，因为我感觉这种念头会令她不快。母亲经常洗澡，就好像她想要洗去什么气味之类的东西。对她而言，好闻的味道有棕榄香皂的气味、庞氏雪花膏的气味和妮维雅乳液的气味。她似乎不能接受自己原本的体味。即便是现在，我已人到中年，也还是喜欢依偎着她。不过，要把我瘦长的身体缩成一团，刚好怪可爱地蜷在她的脖子下面，这可真是件考验技术的活儿。话说回来，她极少容许我这么做，总是马上就避开了。

如果我想和她或父亲谈点儿什么，我需要就谈话的话题为自己写一些备忘。我需要提前练习谈话的内容和谈话的方式。就像其他人必须为题目未知的考试做一番准备一样，我必须为与双亲的每一次交谈认真学习、精心准备。

亚 当

那时正是夏季。我们坐在花园里菩提树下的躺椅上，花园坐落在莉塞特家的屋后。莉塞特正冒着酷暑编织着一件薄薄的蓝色羊毛裤，而我评论了一句，正是这句评论彻底地改变了我的人生。

我说，现在编织羊毛裤，实在太热了。我冲她微笑，然后补充道，除非，你预料到今年冬天你需要焐热一双冰冷冰冷的脚。

我需要焐热一双冰冷冰冷的小脚,她头也不抬地说道。

这就是我如何得知小皮埃尔的存在的。

我和莉塞特在一起时总是很小心。绝大多数时候,当我们做爱时,我都没有完全进入她的身体。我们之间的感情是一种悲伤与共的友情,也是一种激情。不过最主要还是友情。我在她蓬松洁白的床榻上度过了许多夜晚。我把她搂在怀里,但满心都在为我与伊夫琳的生活烦忧,所求的不过是好好睡一觉。

另外,我偶尔也会有软弱的时候,需要她的安慰。毕竟,每个人都有软弱、需要安慰的时候。

我说,你肯定不会把孩子生下来的。

我有时开玩笑地称莉塞特的脖子为她"粗粗的法国脖子",而这时,她的脖子肉眼可见地变粗了。这是她怒火中烧的最明显标志,而她用理智竭力掩饰着愤怒。她的脖子很硬朗,圣女贞德肯定有这样的脖子。现在,她看着我,更准确地说是看着我的侧脸,而我看到她的脖子,透过白色的夏裙还看到她的整个上半身,都涨得通红通红的。

这孩子与你无关。她边说边怒气冲冲地织着毛衣,一串汗珠向她清澈的褐色眼眸的一角流淌而去。她生气时,看上去有点像我想象中的得伐石太太[①]。如果有人坐在得伐石太太面前,遮挡了她看

[①] 狄更斯小说《双城记》中的人物,是一个被复仇冲昏头脑的女性,"编织"是她的一个象征行为。

向绞刑架的视线,她肯定就是这副样子。

不是我的……我说不下去了。我看着她,一句话都说不出来。

她说,也许孩子根本不是你的。也许在我们分开的这几个月里,我找了个情人,或者找了不止一个情人。那时你正陪着你的疯子老婆待在美国呢。

她通常提到伊夫琳时,不会这样措辞。我感觉有些受伤。

我们陷入了沉默。她邻居家养的蜜蜂在它们的木制蜂房中穿进穿出,发出活力十足的嗡嗡蜂鸣。这让我们之间的沉默显得有些荒唐。它们酿成蜂蜜,让我们的咖啡和茶变得香甜醇美。我们的空杯子里散发出它们杰作的诱人香气。这蜂鸣声清清楚楚在诉说着:生活还得继续。生活的苦痛是如此真切,生活的甜蜜又是如此难测。你们之间的争吵与我们无关。你们俩尽可以在这里呆如石像,这仅仅意味着我们可以在你们的花园和我们的花园之间自由穿行罢了。

孩子是我的,我终于说道。

是的,她一面放下手中的活计,一面承认说。不过与其说是你的,他更是我的孩子。

我问道,什么时候有的?不幸的是,我想不起我们之间有什么柔情似水的特殊时刻。另一方面,总的说来,我们的友谊中充满了温情。

她耸了耸肩。

当然是先前,你在这里的时候。那时是四月份,你来告诉我,塔希从你身边逃走了。她其至逃避你的亲吻。

莉塞特

我是在家里,在外祖母的床上生下小皮埃尔的。我外祖母名叫贝亚特丽斯,终其一生都在为法国女性的选举权而奋斗。她的床是一张低矮的木头床,在上上个世纪专门为这幢房子而打造,自此之后就从未搬离过这里。正是在这张床上,外祖母怀上了我的母亲,而母亲又诞下了我。整个孕期,我的胃口都很好,几乎每天都要步行很长时间,足迹遍布整个巴黎。父亲和母亲很好地克制住了他们的一些正常情绪,如恼怒、种族偏见、震惊等,随后给予了我充分的建议和满满的关爱。他们几乎坦然地接受了这件事——我母亲在痛哭了一场之后,终于耸了耸肩,说道,哎,事已至此!她说,我继承了我母亲的母亲的基因。我外祖母就与吉普赛人、土耳其人,偶尔还有巴勒斯坦籍的犹太人有过许多风流韵事,只不过她没有怀上孩子。更糟糕的是,她还与一些不名一文的艺术家有过情事。那些艺术家真的就生活在她家小房子的阁楼上,也真的就靠一罐罐的果酱和一张张的面包皮维持生计。

我有全法国最受欢迎的助产士帮我接生 —— 她就是我能干又风趣的阿姨玛丽·泰蕾兹。她持一种非常激进的观点,认为生孩子尤其应该是一个很性感的时刻。我在怀孕期间,听到的全部是福音音乐。这对于我是一种全新的音乐,在法国听过的人也不多。在分娩的过程中,立体声音响播放着的是诸如"这是通向天堂的大道"("……唯有心灵纯净的人才能飞升前往那里……")之类的音乐。歌者的声音十分温暖,与壁炉里熊熊燃烧的火焰相得益彰。我的阴部涂上了膏油,也接受了按摩。这样,我的髋部能够打开,我的阴道也能保持湿润。最终,我亢奋了起来。最最令我吃惊的是,小皮埃尔几乎是滑落到了这个世界上,他眼睛还未睁开,就恬静地微笑起来。

我阿姨刚从我的双腿间举起他,就把他放在了我的肚子上,待他能够自主呼吸之后,就剪断脐带。如此这般,就如同他在我子宫里时一样,我们的心脏仍然继续在一起跳动着。我看着他光滑的棕褐色身体,湿漉漉的卷发,不由得思念起亚当来。不过,终于大功告成了。我如释重负地叹了口气,很快就沉浸在了生育奇迹带来的喜悦中。我觉得只有自己和造化才能创造出这样的奇迹。

当他终于得空,来到我们身边时,他说,感觉自己被排除在这一切之外了。因为他不在现场。

我问道,可是,你为什么不在呢?你是知道他的预产期的。

他说,伊夫琳也知道他的预产期。

第六部分

Part Six

塔希-伊夫琳

庭审室内暑气逼人。屋顶的吊扇旋转时，发出人们在喉咙嘶哑时清嗓子的声音。百叶窗都完全打开了，敞开迎候哪怕一丝丝微风的迹象。我从头到脚都穿上了凉爽的白色棉质衣服，是奥莉维亚在旅游精品店里帮我买的。不过，我还是感到汗水在后背中心汇聚成珠，然后像一小股一小股的水银一样滑落，停留在我已经被浸湿的束腰带上。

整整一个上午，人们都在听取事发当天、沿途见过我的那些人的证词。首先陈词的是卖给我剃刀的那人。他是个身材矮胖、眼睛湿答答的家伙。他承认，因见我是个外国人，所以多收了我钱。他说，尽管我说的是奥林卡语，但他还是可以从我的衣着判断出我是美国人。接下来出庭的是一个妇人。当我在翁贝雷车站搭乘上公交车时，她曾卖给我一个橘子。她年纪老迈，牙齿尽脱。她的一身破衣烂衫显然散发出一股子气味，加上她站在证人席上出了不少汗，嘴角又流出许多涎液，所以两边的律师都和她保持着距离。然而，一个年轻女人的证词似乎坐实了我的罪名。她又瘦又黑，抹着口红，涂着指甲油，嘴唇和指甲都是古怪的淡粉色，几近白色。她用夹杂着一两个奥林卡词汇的英语解释说,她是一家纸店的店主,店址几乎正好是人们搭乘公交的地方。她记得我,因为我曾走进店里,自己寻觅未果后,又请她帮我找一些厚实的白色纸张,以便在上面印一些标识。

她说,不过,当她为我找出一些白纸时,我改变了主意,不打算要了。

她说,当时我是这样说的,不用了,这一次白色并不是这起祸事的根源。请帮我拿些国旗颜色的纸张来。

当她说出这番话时,法庭上发出一片嘘声。我感到背后有越来越多双眼睛盯着我,恨不得在我颈后盯出洞来。法官们悄悄抓了抓他们刷子般硬直的假发边缘处自然鬈曲的真头发。

小姐,这就是被告当时购买的纸张吗?

控方律师站在证人席上的年轻女人面前,手握色彩明亮的红色、黄色和蓝色纸张,递了过去。

曾经,光是看到这些颜色,就足以令我心生自豪、热泪盈眶。而现在,我看着它们,心里不起一丝波澜,就好像它们不过是孩子颜料盒里的绘儿乐蜡笔一样。

令人吃惊的是,庭审房间里靠近后排的地方坐着一些年长的人。他们一见到这些颜色,就起身肃立,手掌合于心口——他们年轻时曾在丛林中闹过革命,曾为国旗的荣誉而殊死战斗过。(当然,我看不到他们,我只是隐隐约约地听到他们活动的声音。他们的关节嘎吱作响,他们的双脚曳地有声。那时我甚至没想要知道是怎么回事。之后亚当和奥莉维亚会告诉我的。我反而想起了我的新家园——美国的国旗。我仿佛看到了记忆中那面红、蓝、白三色交织的旗帜。我并不知道这些颜色的寓意。我只知道这面旗帜是由一个女人缝制而成的。①)

我不情不愿地再次凝神倾听起那个年轻女人的证词来。我想起了"证词"一词的含义。最初这个词指的是一种风俗,两个男人相互握住对方的睾丸,以示信任。渐渐地,这一习俗演变为一种握手礼。我想象着女人柔软的黑手轻托着年轻律师的睾丸,她贝红色的指甲深深插入他缠结成一团的阴毛中。她正一边把她双乳黑檀木般的乳头在他光洁无毛的胸口上来回摩擦,一边说道,我们在这间酷热难耐的庭审室里耽误什么呢?室外可是个好天气呢。律师的脸上有一种古怪的专注表情,就像许多性欲被唤起的男人那样。他……不行!我一边缓缓转过头来,一边想道,我必须专心一点儿!如果我再这样漫不经心,我会在这里脑补出一段激情似火的风流韵事来!就像奥莉维亚所说的,我会错过我自己的庭审!

女人说,我当时买了些纸和一支白板笔,随后马上坐下来画我的标记。

控方律师问道,那时你看见被告都画了些什么标记?

她说,只有一个标记。

你能不能行行好,告诉法庭,你是怎样碰巧读到这一标记的,

---

① 据说第一面美国国旗是由女裁缝贝特西·罗斯所缝。

它都写了些什么？

年轻女人说道，她拿给我看的。

她拿给你看的？

是的。她当时是这么对我说的，你是一个年轻姑娘，还有大好年华等着你。我是个老太婆，已经行将就木了。我现在能做的，就是给你些警示，提醒你避开祸事。

说到这里，年轻女人停顿下来，仿佛这段经历带来的情感冲击在一瞬间将她击中了。她抬起一个涂成淡粉色的指甲，擦了擦眼角。

她说，当然，我当时并不明白她的意思。她仿佛是想要撇清任何合谋的嫌疑。

律师说道，当时你当然是不明白的。请继续你的陈述。

好的，年轻女人说道。她放下她的包，也就是她的手提箱，走到商店的一角，避开往来的顾客，坐在了箱子上。因为当时是一大清早，店里只有她一位顾客。她只是坐在那里，继续书写这些符号。

那么你看到的那则符号是什么？律师提示说。

年轻女人说道，她绘好第一则标识后，一脸严肃地将它拿到面前，浏览了一下，然后将有字的一面转向我。

庭上一片沉寂。

读到内容时，我很吃惊。当然，那时我并不理解它的意思。

律师说，明白了，然后等待着她下面的话。

"面对痛苦，你若企图对自己说谎，就会有人说你乐在其中，给你致命一击。"这就是标语的内容，整条都是用大大的黑色字母写成的。年轻女人说。

律师重复道，面对痛苦，你若企图说谎，就会有人给你致命一击。

对自己说谎，年轻女人说道，你若企图对自己说谎。很明显，整条信息中最打动她的就是这里。

是的，是的，律师说道。她向你展示了这条标语之后，她又做了什么？

年轻女人说道，我觉得她还做了几条标语。她向我解释说，在她生活的地方，就是美国，不论人们想说什么，他们都会把它们做成标语或徽章。从来没有人会因此而逮捕他们。我提醒她要小心一点。

你为什么要这么做？律师严厉地问道。年轻女人害怕地看了他一眼。当她答复时，声音低得像是在呢喃。我不知道，她说。

她当然知道原因。这个房间里的每个人都知道原因。奥林卡监狱里有半数的人都是因为表达了对现政府的不满，所以被收押在那里。从我的嘴里清清楚楚地冒出了一句怨忿之辞。法官们都对我怒目而视。

那时，我待在商店的一个角落里，坐在我的红色中式猪皮革手提箱上，心里觉得十分快活。我像个孩子似的，潦草地书写着我大大的字母。坐在飞机上时，我曾突然想到，我还未能写本书，讲讲我的一生。我连本小册子都未曾写过。虽说这样，我得写些我能写也愿意写的东西。当飞机着陆时，我看见铺天盖地都是广告牌，冲着人们狂轰滥炸，说什么他们必须购买芬达、可口可乐、达特桑、福特、巧克力、威士忌、糖，还有更多糖，咖啡和更多咖啡，茶以及更多茶。于是我想：好办法！这些垃圾广告正是大众的读物。我不过是一个又老又疯的女人，不过我要和这些广告牌抗争一下。我要和它们一较高下。于是第二天，在离开这座城市之前，我匆匆忙忙地走进了那家纸店。

为什么选择我们国旗的颜色？律师这时问道。

而年轻女人一副茫然的表情，这已经充分回答了这个问题。

确实，为什么选择我们国旗的颜色呢？

红色象征着人们为了反抗白人至上的政权所抛洒的热血。黄色象征着我们的土地中蕴藏的黄金和矿产资源。尽管白人一车车地将堆积如山的矿藏掠夺而去，在我们的大地上，它们仍然储量丰沛。蓝色象征着轻拍着我们海岸的大海，深海中蕴藏着无尽的宝藏，充满了未知的奇迹。蓝色也代表着天空，象征着我们的人民对不可见的力量充满信念，对未来充满乐观精神。

针对国旗的颜色问题，人们曾经进行过广泛的讨论。每个人都参与了这场讨论。随后领袖们决定了国旗的颜色。接着国旗被送往德国进行设计，批量生产，然后售卖回国内。

我可以感觉到，我的思维试图偏离轨道，用另一个国旗故事替代真实发生在人民身上的国旗故事。但令人吃惊的是，这种偏离并没有发生。我的大脑，连同我身体的其他部分，端坐在椅子上一动不动。我的想象不再跳跃，想象的范围甚至没有越过庭审室里敞开的窗户。我产生了一种不可思议的感觉，在我的生命即将终结之时，我开始灵肉合一，思想开始重新占据我灵魂出窍已久的身体。

当我们都站起身来，准备散去时，奥莉维亚悄没声儿地站到我的身后。她把一个小小的纸包塞到我的手里。当我回到囚室时，我打开纸包，从中拈出一只黏土做成的小小人偶。许多年前的一个清晨，我曾经非常偶然地在利萨妈妈的小屋里见过另一个一模一样的人偶。她发现我在把玩人偶，打了我一耳光，一口咬定我握着的那个东西太不正经了——那是一个小小的人像，人像正把玩着自己的生殖器。我当时太年幼，没有追问原因。于是，她把人偶留在了自己的小屋里。奥莉维亚还附上了一张便条，上面写着：这是个仿制品。有些女陶匠专门制作这样的人偶。你能想象得到吗？

老实说，要是以前，我会觉得难以置信。

第七部分

Part Seven

伊夫琳

老人委托了一位名叫雷伊的非裔美国女医师,年近中年,请她在自己离世后继续为我治疗。在她刚开始行医时,他曾在伦敦举行的一次精神病学家会议上见过她。他们彼此喜欢,之后一直保持着联系。我却很憎恶她。因为她不是姆泽,也因为她是黑人,还因为她是个女人,更因为她是健全人。她总是容光焕发,散发出既沉着冷静又欢欣愉悦的神采,能力也十分出众。这让我很恼火。

然而,某一天,我却不知不觉地对她聊起了我们的领袖。我们的领袖(正如纳尔逊·曼德拉[1],乔莫·肯雅塔[2]以及他们的一些前辈)曾被迫流亡,最终又被白人政府逮捕和监禁。不过,神奇的是,通过口口相传,或是偶尔秘密录制的盒式磁带,我们能够经常接收到他"传达给人民的消息",传递消息的频繁程度令人惊奇。与纳尔逊·曼德拉或乔莫·肯雅塔不同的是,我们的领袖并未获释。

---

[1] 纳尔逊·曼德拉(Nelson Mandela,1918—2013),1994年至1999年任南非总统,是首位黑人总统,被尊称为"南非国父"。
[2] 乔莫·肯雅塔(Jomo Kenyatta,约1891—1978),肯尼亚政治家,第一位肯尼亚总统,肯尼亚国父。

他被囚禁在高度戒备的监狱之中，监狱有重兵把守。在独立的前夜，他在离开监狱时，遭到了暗杀。事实上，许多人认为，正是守卫们暗杀了他。不过这件事从未得到证实。不论真实情况怎样，杀害他的人从未被绳之以法，就连他们的身份也从未得到确认。因此，即便是在奥林卡人欢庆我们所谓的自由时，在我们内部仍然存在着受伤和愤怒的激烈情绪。只有迅速将杀害他的人绳之以法才能平息民愤。我们都有一种迫切的需要，不论我们做什么，都是想要表达对领袖的缅怀和敬爱。

当我向雷伊解释这些时，她说，但那时你已经离开非洲了，不是吗？

是的，我说道。我的身体离开了，我的灵魂却不曾离开。我顿住了。似乎不可能有人能够理解这番话。面前这个衣着光鲜、走路雀跃，有着肉桂般光洁无瑕的褐色皮肤的女人尤其不会理解。

她有时会在最令人意想不到的时候用一种轻快的语气说话。她现在就使用了这种语气。

她带着一种共谋者的神态说道，你可以和我说心里话。

但我如鲠在喉。我们的领袖为我们而死，为了我们的独立和自由而死。面对这样的现实，我怎能只顾着讲述我微不足道的人生？我能感到有块石头渐渐封住了我的喉咙。这块石头和压制住杜拉被杀真相的那块石头一模一样。我感到一个谎言渐渐形成了。谎言说，堵住喉咙的并不是一块石头，而是一块石形的糖果。随后我想起了姆泽。他说，你们自己是你们最后的希望。我是否信了他的话呢？

我清了清嗓子，开始讲述。

你知道吗？对我们而言，他就像耶稣基督。沉默良久之后，我这样说道。

雷伊满怀期待地看着我。

如果耶稣基督为你而死，你怎能挑剔他所做的其他事情呢？

雷伊说，有些人责怪他总是宣扬自己为他们而死。不过我们还是搁置这个话题吧。最好宣扬他是完美的，然后结束讨论，她补充道。

但是，如果他要你做的事会把你毁掉，该怎么办呢？如果他要你做一些错误的事呢？

雷伊说道，那是不可能的。记住，他可是完美的。

可是说完这番话后，她就顽皮地微笑了。我发现了这番推理中的逻辑陷阱，也发现了她话中的玩笑意味。然而，我的下颌绷得太紧，怎么也笑不出来。

我再次开始讲述，即便是他深陷牢狱时，我们也接受了他的许多教诲，我说。我们的领袖给出的都是些挺好的教导，既明理又正确。他说，我们必须牢记我们是谁。我们必须坚持不懈地反抗白人的压迫。停止反抗是想都不应该想的，因为即便是在我们子子孙孙生活的时代里，他们也肯定仍在我们的国土上方盘桓。我们必须收复我们的国土。我族人民中许多人曾被当作奴隶贩卖到世界各地，我们必须召回他们的后裔（我们的领袖尤其强调这一点，这在非洲领导人中几乎是独树一帜的）。我们必须回归我们自己纯粹的文化和传统。我们不能遗忘我们的古老习俗。

我把玩起了手腕上戴的镯子，镯子是由大象毛发编织而成的，材质看上去像黑色的塑料。又是一阵沉默。

我叹着气，最后说道，我们真的视他为神明。他遭受了这么多的磨难……我们知道他们折磨他。监狱有时会把犯人的尸体返还给亲友们。看着这些残缺不全的尸体，我们甚至可以想象他经受了怎样的折磨。我们知道他一个人默默挨过了许多年，几乎被逼得发疯。但他没有屈服。他也从未忘记过我们。

当我还是个小女孩时，我们每间棚屋里都有一张他的小幅照片。照片用塑料相框装裱起来，被小心翼翼地收藏在屋梁间的某个特定的地方。他的眼睛盛满了笑意。那是一双睿智、快乐的眼睛，仿佛会说话。每当我们收到一则讯息时，我们都会取下照片。当我们一遍一遍重温这则讯息，以便能够烂熟于心时，我们都会凝神注视着这张照片。我们爱戴他，相信他所说的一切。我们觉得，不论在什么事情上，他都是最权威的。

传教士们发起了一场声势浩大的运动，抗议他们所谓的划花脸颊，留下奥林卡部族印记的做法。可是我们的领袖脸上有着同样的印记，而且显然很为这些印记自豪。因此，要听取传教士们的反对意见，或是要在意那些传教士本人，都是很困难的。虽说我们也对着他们喃喃做着祷告，低声表示出皈依的意愿。对此他们似乎就像孩子乖顺时的母亲一样，很容易就心满意足。

雷伊这时正身子前倾，坐在椅子上。当我说话时，我意识到自己用手指捂住两颊，还盘起了双腿。我放下双手，将它们藏在我裙子的褶皱里。这是一件布满海蓝色圆点的浅蓝色裙子。它让我想起了大海和眼泪。

至于他们对我所做的事……或者说他们为我所做的事，我欲言又止，只因为雷伊挑起了眉毛，一脸疑惑的表情。

启蒙……

她还是带着同样充满疑问的表情，看着我。

女性的成人礼，标志着她们成为成年女性，我说。

哦？她说，不过看上去她还是没有明白。

割礼，我喃喃说道。

不好意思，能重复一下你的话吗？她用一种寻常的口吻说道，这句问话在静悄悄的房间里显得分外大声。

我感觉仿佛自己递给了她一颗小巧却无比珍贵的珍珠，她冒冒失失地咬了一下，却宣称珍珠是假的。

这个仪式具体有些什么程序？她轻快地问道。

这让我想起了非裔美国女人的一点特质，这一特质是我非常不喜欢的。她们很直率，即便是会让涉事者心脏病发作，也总要追究原委。美国的黑人女性很少表现出非洲女人那种优雅的细腻情感。是奴隶制赋予了她们这种特质吗？突然间，一个关于雷伊的故事在我的脑海中冒了出来：我清清楚楚地看到，她如果身处十九世纪会是什么样子；还有她身在十八世纪、十七世纪、十六世纪、十五世纪会是什么样子……她两手搭在胯部,挺着胸脯。她皮肤黝黑,和我一般黑。"听我说,穷鬼,"她正说着,"你是不是把我的孩子卖了?""穷鬼"抱怨道:"该你听我说,卢埃拉。这也是我的孩子!"他刚一转过身去,她就捡起一块巨大的石头,那石头和堵在我喉咙里的那块一模一样,然后……我连忙把思绪从这一场景中拉了出来。

我有些厌烦地问道,你不是有我的档案吗?我很肯定,老人在去世之前已经把档案交给她了。从另一方面来说,他也从不会问我这个问题。我之前对他只是提到过"割礼"一事,他似乎对这一信息完全满意,仿佛他清清楚楚地知道这个词的含义。而现在我有些疑惑:他那时真的明白"割礼"意味着什么吗?

雷伊无视我的态度,只是用涂成银白色的指甲轻敲着档案鼓鼓的灰色封面,说道,我有你的档案。不过我对这种习俗所知甚少,想从你这里了解一些情况。说到这里,她顿了顿,朝文件夹里扫了一眼。比如,我常常在想,是不是每个女人所承受的割礼都是完全一样的,抑或操作也有一些变化?你的姐姐……杜拉的阴蒂被割去了,但是不是还有一些别的操作,很可能是这些操作让她流血身亡?

说这话时,她一副公事公办的语气。这让我放松下来。我深吸一口气,保持必要的、惯常的心理距离,让自己能够超脱一些。不过,我并没有像往常那样漫无边际地神游。

我轻吁了一口气,说道,我想,割礼大概总是不一样的,因为女人们都是各不相同的。但也总是一样的,因为女人们的身体构造总归是一模一样的。不过也不一定。通过阅读,我发现至少有三种类型的割礼。在一些文化中,割礼只要求切除阴蒂;而在其他一些文化中,割礼必须要将整个生殖区域都切去。当我想着该如何解释这个习俗时,我不由自主地叹了口气。

雷伊又大又清澈的双眼间现出了微微蹙起的眉头。

她说,我才发现,要你谈这些也太为难你了。也许我们不应该太勉强。

可是,我已经在勉为其难了。那块石头从我的舌头上滚落下来,将我过去讲述这个故事时曾经熟悉又飘忽的声音碾轧得粉碎。那旧时的声音一度仿佛与我毫无干系。

我说,一直到我来美国之后,我才知道那里应该是什么样的。

那里?

是的。对我而言,我自己的身体曾经很神秘。几乎所有我认识的人都觉得女性的身体很神秘,只是对乳房的作用略知道一些。我们的领袖曾从牢狱中传话出来说:从很古老的时候起,我们就必须切除我们身体中不洁的部分,以保持我们身体的干净与纯洁。所有人都知道,如果一个女人不接受割礼,她身体不洁的部分就会长得过长,会触碰到大腿。于是她就会变得像男人,会唤醒自己的情欲。没有男人能够进入她的身体,因为她自己身体凸起的部分会阻碍他。

你信了这番话?

每个人都相信这番话，尽管没人亲眼见到过这种情况。至少在我们村里没人见过。不过，特别是从长老们的表现来看，好像在并不十分久远之前，所有人都亲眼见证过这种罪恶。

可是，你并没有出现这种情况，你那时不是知道吗？

我说，话虽如此，也可以说发生过一些状况。可以肯定的是，对我所有受过割礼的朋友而言，我未受割礼的阴部被视作一种畸形。她们要么大声嘲笑我，要么揶揄奚落我，说我长了尾巴。我觉得她们指的是我的大阴唇。毕竟，她们都没有阴唇，也都没有阴蒂。她们不知道这些东西长什么样子。对她们而言，我看起来肯定很古怪。还有一些女孩也没有受过割礼。有时，受过割礼的女孩们竟然会躲着我们，就好像我们是恶魔似的。虽说她们是笑嘻嘻的。她们见我总是笑嘻嘻的。

不过也正是在接受割礼之前的这段时间里，你有了关于肉体欢愉的记忆？

当我还很年幼时，我曾经有过自慰行为，这在我们文化里是个禁忌。之后，当我年长些了，在亚当和我结婚之前，我们曾经在田野里做爱，这也是禁忌行为。我的意思是，在田野里做这件事是不可以的。我们还有舔阴的行为，这同样是不可以的。

你们有性高潮的体验吗？

经常有。

可是你心甘情愿地放弃了这一切，只是为了……雷伊难以置信地皱起了眉头。

我替她说完了这句话：只是为了让奥林卡族人承认我是个真正的女人，只是为了平息那些揶揄和奚落。不这么做的话，我就只是个物件。更糟糕的是，因为我与亚当一家相交甚厚，加之我与他关系特殊，我从来不被族人信任，甚至被视作潜在的叛徒。此外，我们的领袖，我们的耶稣基督曾说过，我们必须因循我们所有古老的生活方式，没有奥林卡男人会愿意娶一个未受割礼的女子为妻——在这一点上，他和伟大的解放者肯雅塔不谋而合。

雷伊困惑地说道，可是亚当并不是奥林卡人。

我叹了口气。堵在嗓子眼的石头已经不复存在了，但言语本身突然变得很无力。我注视着她诧异的眼神，坚定地说道，我之前从未想过要嫁给亚当。我嫁给他是因为他忠诚、温柔，是我的至交好友。因为他不远万里寻我而来。也因为我发现自己无力对抗传统带给我的伤痛。我几乎无法行走。

雷伊愈发困惑了，她开口问道，那么你想嫁的到底是……终于，我绷得紧紧的脸上现出了一个淡漠的微笑。我冲着那个年少纯真、无知懵懂的女孩，那个曾经的自己微笑。嗓子眼里的石头现在不仅从我的舌头上滚落了下来，还疾疾地从我身边滚开，向着门口滚去。我说，那时的我就和所有奥林卡少女一样，我爱上了那个已经有了三房妻子的完美情人。他是我们完美的情人、完美的父亲，也是完美的兄长。他被人残忍地从我们身边夺走，但我们在他留给我们的照片里看到他含笑的双眼。夜里，我们从磁带里听到他亲切迷人的声音。可怜的亚当！他怎能和我们的领袖相媲美。对我们而言，我们的领袖才是真正的耶稣基督。

亚 当

奥林卡人提到"我们的领袖"时总是满怀热忱，我们多么希望他们在提到"我们的主"时也能表现出一样的热忱。村子里经常流传着关于他的传说，讲述他的丰功伟绩，他有如神助的武装伏击和他反抗白人时的勇敢无畏。对村民们来说，他仿佛基督一样。只有一点除外：他接受以暴力为手段，终结非洲所受的压迫。

他被人称为"我们的领袖"，因为如果有人公开说出他的名字，白人政府就会给此人定罪。每个奥林卡村庄里都有许多人来来往往，这些人因为忘记或忤逆这一法令，在后背留下了伤痕。当这些人说起"我们的领袖"时，眼睛里总是燃烧着极为强烈的保护欲和熊熊的怒火。事实上，想和他们谈谈基督已经成了一件越来越令人害怕的事情。我们的基督，我们白色皮肤的、主张和平的、安然逝去的领袖。

第八部分

Part Eight

莉塞特

在皮埃尔年满十七岁，完成了在法国国立高中的学习后，已经没有什么能阻止他前往美国、前往他父亲身边了。他是个非常体贴的孩子，满头金色的卷发。在法国，人们总以为他是阿尔及利亚人。我把他送去哈佛大学念书。这有何不可呢？正如我对朋友们所说，既然皮埃尔是我唯一需要抚养的人，对他大方一点我还是承受得起的。不过这还不是我这么做的唯一原因。另一原因是，他从小到大几乎没有享受过父爱，我觉得必须补偿他。

当伊夫琳得知我怀上了小皮埃尔（亚当、我和我父母都曾经这么称呼他）之后，她勃然大怒。之后怒火虽然慢慢平息，但多年来她的情绪一直在恶化，满怀怨恨，意志消沉。她试图自杀。她还说要杀了他们的儿子。我很为亚当难过。他并没有打算和我生孩子。是我自己想要个孩子，是我自己若非偶然，否则不想要男人。当时在法国掀起了改变女性命运的风暴，这都得益于我外祖母那样为妇女争取政治权利的女性，以及像西蒙娜·德·波伏瓦那样的女性作家。也许我只是被这股风潮所裹挟。波伏瓦的著作《第二性》将我所熟知的世界置于我虽无法掌控却更容易理解的视角之下。在阅读她的书之前，我觉得自己注定无法理解广泛存在的、加诸女性的压迫。尽管从儿时起，我就眼见外祖母贝亚特丽斯为给法国妇女争取权利而不辞辛苦地忙碌，耳听着她激情燃烧的演讲，但我还是注定对女性的困境一无所知。我甚至注定陷入一种精神不健全的状态。我相信那些被捧杀的受压迫者经常会感受到这种状态。除了启发她们认清自己的困境，然后积极运用自我意识赋予她们的洞察力思考外，这一状态似乎是难以得到改善的。

当我们被迫离开阿尔及利亚，舍弃我们在那里的房屋、花园、仆人和友谊（我们与仆人们情谊深厚）时，我觉得非常难过。可是那时法国人在戕杀阿尔及利亚人的肉体，扼杀他们的灵魂。阿尔及利亚人已经受够了猪狗不如的生活。他们开始反击。全国弥漫着日益厚重的血腥气息，即便是像我父亲这样的神职人员也不能免受牵连。我们涕泪交加地离开了这里，因为我们已经把自己视为阿尔及利亚人。当然，我们是法裔阿尔及利亚人；我们是统治阶级的成员，是精英阶层。然而我尤其觉得阿尔及利亚是我的故土。因为对我而言确实如此。我是在那里出生的。即便是现在，我也更喜欢炎炎烈日。当我被巴黎灼热的夏日所笼罩，那是我再开心不过的时候。而大多数真正的巴黎人肯定会待在其他更凉爽的地方，比如海边或山里。

曾经有一些地方是阿尔及利亚当地人不能去的，比如餐馆、夜总会、学校、社区，就像一些古老的殖民地故事所讲述的那样。然而那里的人们是那么美丽好客，非洲人总是这样，尤其是我们的仆人和玩伴。孩子们教我游戏，他们和父母一起教我阿拉伯语。

当他们刚刚到家里工作时，双目蒙纱，心怀敌意，面颊因为悲痛而肿胀着。我不明白发生了什么事。可能是他们的某一挚爱之人深夜被法国安保部队逮捕了去，遭受严刑逼供，囚禁折磨，最后被杀害。

我深爱着我的保姆、我的玩伴和家里的仆人，也就很自然地厌憎法国。而那时就如报纸所写，突然之间，我们必须"归国"。我对父母抗议说，我绝不愿意在法国停留一刻，所以，我怎能"归国"？我的父母就如大多数殖民者父母一样，无言以对。他们自己对事情的发展态势也很不情愿。他们最初离开法国，正是因为在法国社会没有他们的容身之处。父亲开玩笑说，所有的显赫位置都已经被人占据了。尽管在阿尔及利亚，父亲作为一位基督教牧师，被满世界的穆斯林所包围，难免有些煎熬，但他还是觉得发现了适合自己的位置，扩大了影响力，得偿所愿。他在阿尔及利亚拥有更多的权力，社会地位更显赫，这是他在法国无法企及的。

我喜欢看着父亲同与他同名的小皮埃尔在一起。他们外表非常相似，都是那么矮小、瘦弱和严肃。在嗜饮咖啡又总是古里古怪的巴黎人之中，他们显得非常迟缓和低调。我知道，当父亲看着皮埃尔时，他仿佛看到了自己所辖教会会众中的那些阿尔及利亚男孩。他们天真无邪，不涉政治，却在他离去后不得不面对无常的命运。对法国安保部队而言，所有的阿拉伯人看上去都是一样的。而对马奇游击队、民族解放军和其他一些穆斯林狂热分子军事武装而言，阿拉伯基督徒和他们毫不相像。也就是说，他们一点儿也不像真正的阿拉伯人。那些男孩就在两股力量的夹缝中左右为难。这些年轻的男孩们似乎是被耶稣基督宣扬的非暴力原则深深感动，而基督又是父亲教会信奉的救世主。他们不禁将耶稣视作一个反叛的阿尔及利亚人。因为不仅基督教中的耶稣基督看上去像阿尔及利亚人，而且长久以来，阿尔及利亚一直有"阿拉伯人殉道"的传统。他们非常熟悉这一传统。这些年轻人有时不过是和他们一般年纪的男孩，却前赴后继、赤手空拳，拿着石块或手持锈剑，迎着法国人的机关枪或手榴弹冲了上去。

小皮埃尔出生在我们"归国"许多年之后。那时我父母已经完全重新融入了在法国的生活，而我也生平第一次安定下来。在巴黎时，阿尔及利亚的这段往事突然之间仿佛从未发生过。而小皮埃尔成了我们对这段往事的纪念，他也是我们的安慰。母亲比父亲和我都更在意旁人的目光，可即便对她来说也是这样。她不像她母亲那样，坚信自己拥有按自己的意愿，在自己独立选择的人的陪伴下享受生活的权利。可是她深爱阿尔及利亚，那里人们的热情感染了她。她的一些法国资产阶级的种族主义观念——比如"所有阿拉伯人都会偷窃，女人只不过是恪守本分，孩子们一生下来就有犯罪倾向"等——在她的仆人和朋友们遭受苦难的冲击下，已经分崩离析。

她非常宠爱皮埃尔。当他前往美国时，我觉得她的心都要碎了。她视他为自己暮年的一道亮光，也是照亮她早年人生记忆的一道亮光。他虽然并未在这段往事中出现过，但他就像在她生命的夜晚姗姗来迟的一轮太阳，用他的光照亮了过去，照亮了她如今方才知晓的一些全新的真知。从他蹒跚学步时起，她就和他手牵着手在巴黎的每一个广场散步。起初她保护心太盛，对陌生人偷偷投来的目光十分戒备和警觉。慢慢地，她开始大摇大摆地和小皮埃尔一同漫步。最后，她会握着他金色的小手，快乐地完全沉浸在身为外祖母的喜悦之中。

伊夫琳

我告诉雷伊，我毕生都有一个习惯，总是遁入幻想和讲故事的世界来逃避现实。

我说，如果没有这个习惯，我就不能从发生在我身边的日常事件中猜到任何真相。

她问道，你指的是什么？

我说，我的意思是，如果我发现自己又开始异想天开，想象或讲述着某个离谱的故事，我就能猜出，我身上发生了某件可怕的事，我连想都不敢多想。等一会儿，我还是第一次这么想，你觉不觉得讲故事就是这么来的？故事不过是戴着面具的真相？

她看上去十分疑惑。

我慢慢信任起雷伊来。一天，我去找她做治疗，发现她面颊肿胀,活像只松鼠。她的皮肤变成了灰白色,状态糟透了。

我问道,发生什么事情了?

她做了个鬼脸,噘起嘴说道,我做了牙龈切除治疗。

之后,当口齿更清楚些时,她告诉我,我在行割礼时承受的痛苦是她难以想象的。一想到这一点,她就寝食难安。之前牙医告诉过她,她的口腔有一堆牙龈方面的毛病,此外还是非常健康的。于是她就要求牙医把她的牙龈像袜子一样从牙齿四周剥开,把牙龈边缘的一些组织削去,刮掉里面的一些组织,然后再从牙齿根部重新将牙龈缝合起来,缝得紧紧的。

我不由自主地感到一阵恶心,全身也战栗起来。

她还是一副牙龈被缝上了的模样,她说,不过,当然,我是打了麻药的。再过几天,我就会比之前好得多了。

我说,可是现在你明显很痛苦。

她承认说,是的。我几乎无法忍受这疼痛,也不能说话。向某人示爱更是想都不会想的事情。这一点儿也不奇怪。她接着大笑着说道,这还只是我嘴里的一点儿伤口。

我冷冷地说道,你不该这么做的。你这么做真傻。

然而她只是咯咯地笑着,边笑边痛苦地做着鬼脸。她说,我选择体验这种疼痛,这似乎只是一点微不足道的努力,别因此生我的气。在美国,我只能做到这种程度。另外,这种经历让我有了一点模模糊糊的体会。更何况我本来也需要做这种治疗。

我很生气,因为我被感动了。我认识到,尽管几百年前,雷伊的先祖们已经携他们的血脉离开了非洲,她本人又在最好的白人学校接受了教育,但她还是在凭直觉施展着一种永恒的魔法。这种魔法的基本原则是将移情仪式化,或者说是实施移情的行为。戏剧不就是这么产生的吗?我的心理咨询师是一位女巫。她并不是美国孩子们在万圣节模仿的那种脸上长着肉瘤的女巫,而是从精神上继承了一些古老方士的做法。正是这些方士调教出我们的巫医,他们共情的技能声名远播。假借这重身份,突然之间,雷伊变成了我所熟悉的某个人,变成了我可以亲近信赖的人。

我从心底感谢姆泽把她推荐给了我。因为我相信,她勇敢坚毅,可以陪伴我行至他无法抵达的地方。她也一定会这么做的。

皮埃尔

这是十二月一个雨天的午后。我们坐在炉火边,正在阅读。母亲坐着,我懒散地斜靠在她对面的沙发上。早些时候,也就是那天清晨,她允许我睡得迟些,不去上学,又把她准备的礼物拿给我,在我的床角铺开。自我出生以来,她每一年都会给我织一件毛衣。每一年,我都看着她的织针上下翻飞,织出的衣料随之渐渐变长。每一年,我都会被最终的成品迷住。每一年,她的编织技巧都会更进一步。今年也是如此。新毛衣由金色和巧克力色编织而成,暖暖地包裹着我。靠近我胸膛的正中部位,在我心口以上的地方,有一个岩石雕刻的精灵头像，头像是苔藓般的深绿色。

我那时正在读兰斯顿·休斯的一本书。他是个总是开怀大笑的煽情演说家，而他的散文却在行文的不经意中流露出悲伤的情绪。我已经如饥似渴地读完了詹姆斯·鲍德温的几部小说。他曾经做过游击队员，是个同性恋，也是个天才。当年他来我们学校演说时，我曾见过他一次。一并读完的还有理查德·赖特写的两卷本随笔，他是位饱经磨难的同化主义者，深深爱恋着法兰西。我视这些人为父系的"叔叔"们，他们会成为我美国之旅的引路人。我瞥了一眼母亲，以为她还在读书，或是凝视着炉火沉思。然而我发现，她温暖的褐色眼睛正凝视着我。

她说，我只是在想，从你出生到现在，已经十六年了。真令人难以置信。我冲着她微笑，说道，都那么久了？

以前我并未注意到，她褐色的头发已经夹杂了更多白发。她的面颊仿佛比平时更瘦削、更苍白了。想到自己是个娇生惯养的独生子，我心满意足，叹了口气，感慨着自己的好运气。和母亲在一起时，我总是感到无比安全。正如她经常说的，从我出生之前开始，我们的心脏就按照同一节拍跳动着。不论谁退出了我的生命，母亲总在那里：阅读，编织，准备在高等学校讲授的课程。我确实感到自己要离开她了。但这种离别很温情，就像一枚果实从树上掉落。再上一年学，在巴黎再待上一年，我就要离开这里了。

她说，如果你去美国，和你父亲待在一起，有些事情是你必须知道的。她说话的语气仿佛是经过这么多年的筹划，我仍然可能不去美国似的。

我问道：什么事？

可能只是件无关紧要的事。不过他不会记得这件事，而我记得。

我说，这么神秘。

她说，没什么神秘的。只是和你父亲在一起时，我认识到，男人不愿意记得与他们没有干系的事。

我满脑子都是鲍德温、休斯和赖特热情洋溢的话语。它们在我的心里回响，仿佛镌刻在那里一般。听到母亲的话，我探身想要抗议。母亲伸出手来，遮住了我的嘴。

从我记事开始，父亲就会在秋季和春季各来探访我和母亲一次，每次探访持续两周。他从不在我生日时来看我，因为那时前来会让他的妻子极其痛苦。每一次他来的时候，都会给我看他另一个儿子本尼的照片，还至少会拿一张他妻子伊夫琳的照片给我看，他有时也叫她塔希。本尼比我大将近三岁，有着古铜色的光滑皮肤和温柔羞涩的微笑。每当看到他的近照时，我都在想，他会喜欢我吗？我们能成为朋友吗？有一次，父亲告诉我，本尼不像我这么"思维敏捷"。这让我非常高兴。尽管我找不到合适的措辞，来问问他不像我这么"思维敏捷"意味着什么。

母亲开始给我讲故事，告诉我多年前在非洲，她是怎么和父亲相遇的。我之前听过这个故事。她说，她与父亲在老托拉比的棚屋一起度过了一段时光，那时老人正等候死亡的降临。听到这些时，我满足地点着头。但我很快认识到，较之平时，这次母亲给这个故事增加了一些更成人化的曲折情节。

她说，你必须明白，为什么老托拉比独自居住，远离村庄。为什么没有村民前来照顾他，这是有原因的。你父亲当然也不情愿照顾他，是你祖父塞缪尔安排他照顾托拉比的。

母亲松开她交叉的两腿，将手掌按压在椅背上，以便让背部伸展些。她的目光从我身上转移到炉火上，炉火很快就需要再添一根木柴了。

托拉比年轻时曾有过许多房妻子，其中有几位在生产时因感染而离世了。还有一位被蛇咬伤致死。我是从亚当那里听说的，他总喜欢将老人的一些他所谓的"好事变祸事"的经历一一道来。不管怎样，最后托拉比娶了一个年轻女人。她从他身边逃走了，无论如何都带不回来。在此之前，托拉比就曾追踪他逃跑的妻子，再把她们带回来，因此恶名在外。而这位妻子宁愿在不及膝的河水里将自己溺死，都不愿回到他身边。

她曾去她父母那里，问他们，指望她怎样捱过这些折磨。在婚礼当晚，他用一把狩猎刀将她那里切开，不给她任何机会让伤口愈合。她痛恨他。她的父母没有给她任何答案。她父亲命令她母亲，说服她承担身为人妻的职责。她母亲告诉她，既然她是托拉比的妻子，他那里才是她的归宿。年轻女人辩解说，她一直在流血。她母亲告诉她，血会止住的。还告诉她，当自己那里被切开时，流了整整一年血。母亲当时也哭着逃走了，但未能逃出男人们的领地。那些男人将她送回了部族。她最终放弃了逃走，忍耐至今。而现在，母亲生活在父亲的阴影之下。她鄙视这个男人，盼着他去死。但同时，她又渴望抱孙子，希望这个误入歧途的女儿能生下孩子。这位母亲说，在这个世界上，只有小孩子值得最甜蜜的吻。她一边这么说着，一边从她流泪的女儿身边抽身而去。

托拉比被驱逐到了村外，因为他无法掌控自己的妻子。这在那个社会是一件非常道德败坏的事，因为它威胁到了生活网络的组织结构，至少是威胁到了村民们所熟知的生活模式。他最后众叛亲离地死去了，死时污秽不堪、衣衫褴褛。女孩的家庭也被勒令搬出了村子，女孩被人从河水里拽了出来，尸体任其腐烂，成为兀鹰和野鼠的口粮。

你看，母亲一边起身给炉火添上了一根木柴，一边说道，你父亲总是提到，他和我当年在托拉比的棚屋里有过一次兴致勃勃的交谈，那时他正心不甘情不愿地为那个老人洗浴。但他从来不记得我们谈话的内容是什么。

母亲说，谈话是关于一位阿尔及利亚年轻姑娘的，她曾为我们工作，遭逢了和托拉比的妻子几乎一样的命运。谈话也提到，对女性的生殖器切除术和对女性的奴役之间是存在联系的，而我又是如何最终认识到这一点的。两者的联系正植根于世界范围内男性对女性的统治。那个女孩名叫阿依莎。一天夜里，她尖叫着逃到我们家里。因为她见到她焦虑的母亲将许多小小的、尖尖的工具摆放在一条毛巾下面，而毛巾正放在婚床旁边一个低矮的坐垫上。

母亲仿佛看到了一幕骇人的场景，突然战栗起来。她说，所有电影中都有这样让女人惊恐不安的一幕。只不过有时经过了一番伪装。男人手持尖刀,破门而入。看,她说,他已经来了。她叹息了起来。而我们中有些人戴着皮革制成的贞操带,有些人戴着丝绸和钻石的贞操带,还有些人的肉体虽然没有被缚,但恐惧也成了束缚我们精神的贞操带……我们担忧不已。我们受到迷惑,成了完美的观众。迷惑我们的正是一种无意识的了然——男人在我们母亲的协助下,对我们做了什么。

母亲良久不语,然后说道,阿依莎后来回到她的家中,因逃跑而遭到毒打——说实在的,我们也不知道她最后怎么样了。尽管在法国,床边是不会摆放什么折磨人的刑具的,但与她相遇的这段经历还是成为我抗拒结婚的根源。

我问道,不是有个萨德侯爵[①]吗?

她大笑道,谢天谢地,只有这么一个人。谢天谢地,他不生活在这个世纪。谢天谢地,他也不在我床边。

我说,这么想也对。不过可以肯定的是,他对女人的残酷态度不是植根于法国人的集体意识中吗?正如拉伯雷的热情,莫里哀的机智?

也许吧,她喃喃说道。说着,她凝视着火苗,似乎又陷入了沉思。

---

① 萨德侯爵(Marquis de Sade,1740—1814),法国贵族,文学家。曾因性虐待被监狱收押。著有《淑女的眼泪》等作品。

第九部分

Part Nine

伊夫琳

　　对于私自拆阅莉塞特写给亚当的书信一事，我并未觉得良心不安。这些书信里有时会夹带着她叔叔姆泽写给她的信，信里会简单地谈及我的病情。有时甚至会夹带着亚当自己所写的信，因为她似乎经常需要唤起他对这件事或那件事的回忆。偶尔，书信里会夹有她日记的一页复印件。在日记里，她显得心满意足、沉着镇定，这种自主自立是我想都不敢想的。偶尔，她还堂而皇之地写信给我。这些书信读起来总让人觉得，她仿佛在迷雾中摸索前行。我用力地踩踏这些信。亚当总把这些书信拆开，留在他书桌底层抽屉的最深处。我早就配好了抽屉的钥匙，总是隔三岔五、优哉游哉地把她的信找出来读。正是从她的一封来信中，我得到消息，他们的儿子皮埃尔很快要到美国来了。

　　亚当告诉我，他要去参加一个宗教[①]进步团体的集会，实际上是坐飞机前往波士顿，迎候皮埃尔。又逗留了一个礼拜，帮助皮埃尔安顿好在剑桥市和哈佛大学的生活。这孩子那时在国土的另一

---

① 原文为法语。

端，离我还很遥远，所以我并不担心。他在剑桥待了整整三年。从莉塞特的来信中，我了解到她的病情。一开始，医生诊断她的病症是参加政治运动带来的压力造成的。她在一场反对在法国建造核电站的政治运动中十分活跃。她在来信中写道，这些核电站散布在曾经环境清新、民风淳朴的郊区，就像危险的脓包一样。之后，她被诊断患上了溃疡，随后，又被诊断为疝气。最终，她被确诊患上了胃癌。她请求亚当，在她死后，允许皮埃尔和他一起生活，还求亚当送皮埃尔去伯克利念书。这些亚当显然都一一答应了下来。我拒绝他在我身边抚养这个孩子。

在这段时间里，我吃不下东西，憔悴得跟稻草人一样。衣服穿在我身上，显得空荡荡的。我只肯穿黑色衣装。前一周，亚当介绍了一个人给我认识。那人吃吃地笑着说："啊，亚当和伊夫琳。多么可爱！"于是我打了他一巴掌。

我感到，伴随着我与家以外世界的接触增加，我体内的暴力倾向日益增长。即便是在家中，我也会经常小题大做或是无缘无故地发作起来，扇本尼耳光。只有我弄得他长声尖叫、畏畏缩缩，用黯淡的、充满爱意和不解的眼神看着我时，我才觉得松了口气。

当载着皮埃尔的出租车抵达时，我正注视着街道。这辆汽车四四方方，通体明黄色，像是儿童卡通片里的出租车。在世人眼里，所有的美国出租车都应该是这个样子。皮埃尔在下车前，探着身子，想要付给司机旅资。这时我瞥见了他长满卷发的脑袋。他干瘦又矮小，仿佛还是个孩子。我看到他和司机像老朋友一样聊着天，然后走到后备厢去取他的旅行包。

他们仍然一直在聊天，没有注意到向他们飘近的暗色幽灵：那幽灵先是飘到门边，然后飘至门廊，再然后飘下台阶，飘然落下，屈身躲在一大堆石头旁边。从我得知皮埃尔出生的那一天开始，我就开始收集这些石头。从路边捡来的大大的、长方形的石头，从河岸边捡来的沉沉的、扁平的石头，还有从田野里捡来的尖尖的、边缘参差的泥板岩。

皮埃尔谢了司机，转身向房子走来。他看到了我，冲我微笑起来。这时，一块又大又尖的石头，颜色如同我悲哀的心情一样晦暗，正击中了他牙齿的上方。鲜血从他的鼻子里喷涌而出。我开始投掷石块，仿佛迦梨女神①那样有着许多条手臂；又仿佛我的手臂是许多架弹弓，或是一架风车。石头像雨点一般砸在他身上，也砸在出租车上。出租车原本已经准备开走，但司机看见皮埃尔受到了攻击，单膝跪在地上，于是连忙将车停住，发出一声尖锐的刹车声。我没有停手，而是怀里抱满了石块，飘飘忽忽地走得更近了些。皮埃尔开始说一些莫名其妙的法国话，这激怒了我。我扔掉石块，用双手捂住了耳朵。趁着这个间隙，出租车司机跑到皮埃尔身边，用双臂抱住他，将他拽出我的视线。

出租车顺着马路开走，慢慢消失不见。看到这一幕，我开始大

---

① 印度教女神。她皮肤黝黑，青面獠牙，额上生有第三只眼，四只手臂分别持有武器。

笑起来。他们如此怯懦，匆匆逃走，就连皮埃尔的行李箱都忘记了。那件褐色的行李箱仍立在被他丢弃时的地方，阴魂不散又结结实实地立在那儿。这件行李太沉了，我举不起它，不过多少能搬动它。可我才不会费这个劲儿呢。我冲上前去，像只乌鸦一般拍打着双臂，用嘶哑的声音尖叫着，把它们踢到了大街上。

第十部分

Part Ten

伊夫琳

巴士自翁贝雷车站出发，行驶了漫长的路程。道路崎岖，满目尘土。每行驶二十五公里左右，我们就会停下来，使用路边的公共厕所。这些公共厕所一点都不像美国的那些，是完全临时性的。地面挖有许多洞，散发出难闻的气味。洞的两侧被一些虑事周全的人钉上了木板，木板上难免溅了些尿液，如厕的人就把双脚搁放在上面。

一周之前，我还没有料到利萨妈妈仍然在世。可是，她确实健在。我在韦弗利的等候室翻阅了一本一年前的美国《新闻周刊》，里面提到，她不仅仍然健在，还成了国家功臣。她因在解放战争中扮演的角色，受到了奥林卡政府的嘉奖。那时，她正像弗洛伦斯·南丁格尔一样，全心全意地肩负起一名护士的职责，毫不松懈地恪守着奥林卡的古老习俗和传统。至于她是如何履行这一职责的，文章只字未提。杂志里说，她经人盛装打扮，又加官进爵。她本来躺在脏兮兮的稻草垫上奄奄一息，人们簇拥着她从光线昏暗的棚屋出来，将她带至附近镇子近郊的一处宽敞小屋。在那里，如果她需要，就可以很容易地搭上通勤车，前往医院。

在被带离昏暗的小屋，前往采光充足的新家之后——家里装有自来水和室内厕所，这两套设施在幸运的利萨妈妈看来都无比神奇——利萨妈妈身上发生了十分显著的变化。她不再表现出任何死亡的征兆，不再继续衰老，甚至容光焕发起来。正如那篇文章所说，"返老还童"了。有一名当地的护士和一名老年病学专家专职照顾她。还有一名厨子和一名花匠替她打点生活中的大小事宜。利萨妈妈本来已经一年多没有下地行走了，这时却拄着总统赠予她的拐杖，又开始走起路来。她尤其喜欢在她的花园里蹒跚而行。她还十分热爱美食，总是叫厨子一直忙忙碌碌地准备羊肉咖喱、葡萄干米饭和巧克力慕斯等特色菜，都是她尤为喜爱的菜式。她甚至还种下了一棵杧果树。照片摄下了她坐在树下的一幕。日复一日，她快乐地坐在那里，只等庄稼一生长起来，就大快朵颐，酒足饭饱。

在照片中，利萨妈妈笑容灿烂，新植的牙齿闪闪发光。就连头发也都重新开始生长，她深褐色的头顶仿佛笼罩着一轮白色的光环。

尽管如此，她的外貌看上去还是有些说不出的怪异可怖。不过也许我是唯一能看出这一点的人。虽说她的嘴唇做出微笑的样子，她凹陷的双颊和长长的鼻子，她布满皱纹的前额和瘦骨嶙峋的脖子同样摆出微笑时的姿态，但她骨碌碌、亮晶晶的眼睛里没有丝毫笑意。我凝视着这双眼睛，突然感受到彻骨的寒意。我这才意识到，这双眼睛从未微笑过。

先前我怎么能将自己的身体，托付给这个疯女人？

塔希-伊夫琳

她家屋顶上有一面旗帜迎风招展。旗帜是红、黄、蓝三色，在浅浅长春花色的正午天空的衬托之下，愈加显得色彩鲜明。我并不是她唯一的访客。屋外种植着一些玫瑰色的九重葛，巧妙地掩映着一个小小的停车场。停车场内停放着一些车辆。路边还停靠着一辆旅行巴士。旅客们不被允许下车，不过他们正忙着从窗口向外拍摄小屋的照片。我把租来的车停放在了房子视野以外的地方。当我沿着红色的台阶，向门廊走去时，回头一看，发现小车消失了，不禁感到十分惊奇。不过，略一思忖，我又觉得看不到来时的代步工具似乎也挺好。因为我愈发体会到在乡村旷野时才有的感受：我仿佛是一只鸟儿，径直从自己家飞到了她家，思绪也伴随着这一旅程径直跳跃到当下。这真是一段魔幻之旅。

一位年轻姑娘在门廊那里迎候我。《新闻周刊》刊载的文章里从未提到过这个人。她身材苗条，皮肤黝黑光洁，眼睛明亮，像刚刚采摘下来的花朵那般清新可爱。我向她解释说，我与利萨妈妈是至交。事实上，将我接生到这个世界上来的人正是她。她是我母亲的好友，也是整个村子中像母亲一样的人物。我还解释说，我来自美国。我现在居住在那里。不过我是在奥林卡出生的。我希望能与利萨妈妈待一会儿。待其他客人离开后，可以吗？

她柔和地问道，你叫什么名字？

请告诉她，塔希想见她。就是那个凯萨琳的，哦不，纳法的女儿。和传教士的儿子一起去了美国的那个塔希。

她转过身去。出于习惯，我低头瞥了她的双脚一眼。当她离开时，我看见她有着"正经"的奥林卡姑娘曳地而行的步态。

没过几分钟，利萨妈妈的所有客人都鱼贯而出，就像是她拿着手杖把他们都驱散了。当他们经过我身边时，都用审视的眼光看着我。可能他们觉得我是位高权重的显贵。他们发动车辆的引擎，声音划破了四周的寂静。这时年轻姑娘回来了。

她微笑着说，你可以进去了。

我问她，你叫什么名字？

她回答说，我叫玛尔塔。

那你的别名呢？

她的双眸熠熠生辉。她说，沐芭蒂。

我说，沐芭蒂，为什么这么多人前来这里？

这个问题让她很吃惊。利萨妈妈是民族功臣啊！她说。政府中的各派系都承认她是女英雄，就连民族解放阵线也认可她。她很有名。她一边说，一边耸了耸肩，看着我，好像很困惑，我居然对此毫不知情。

我说，我知道这些。我读过《新闻周刊》上的文章了。

她说，啊，《新闻周刊》。

可是，他们和她聊些什么呢？

聊聊自己的女儿，聊聊古老的生活方式，聊聊传统。她停顿了一下，接着说道，来客绝大多数都是女人。看看刚刚离去的那些人，你可能已经注意到这一点了。她们往往都是处在某个年龄段的女人，膝下育有女儿，内心惊恐不安。她安抚了她们。

我说，哦？

没错。她见识广博，谈到了许多奇闻逸事。唔，你知道吗？利萨妈妈声称，曾经有一段时间，女人是不来月经的！哦，她说，可能会有一滴血流下来，但也仅仅是一滴血！她说，这是女人被驯化之前的事。

沐芭蒂忍不住大笑起来，我也忍不住大笑起来。

她只是坐在那里，说说话，撑撑场面。至于她说什么倒不重要。她可能已经年近百岁了，所有人都想在她去世之前来见她一面。你是知道的，这里有如此多的东西都已经分崩离析。独立后的生活和殖民地时期的生活一样艰难，并无区别。不过，她叹了口气，补充道，那是因为我们并没有真正赢得独立。

沐芭蒂牵着我的手，引导我缓缓向前走。一边走，一边还在轻声说着话。她说，对我们而言，她是连接着我们和过去的人。对我们女人而言尤其是这样。她是唯一一位被政府如此嘉奖的女性。她是一座圣像。

当沐芭蒂引我走进利萨妈妈金碧辉煌的门厅，推着我走进利萨妈妈的房间，走向一张雪白的床铺时，我思忖道，多么不可思议啊！我母亲经历了生死轮回；姆泽经历了生死轮回；法国女人莉塞特经历了生死轮回；我自己经历了生死轮回——当我往返出入于韦弗利时，他们的身影许多次在我的脑海中浮现又湮没。世界大战爆发了，然后惨淡收场。因为每场战争对抗的都是整个世界，每场对抗世界的战争又都会惨淡收场。不过看哪，利萨妈妈正躺在这里，像女王一样在她雪白的床铺上支撑着身体。床边的窗户敞开着，映入眼帘的是一片花香四溢的花园。掠过花园，看向远方，隐隐可以看见蓝色的山脉。她容光焕发，她的前额、鼻子、嘴唇、牙齿和面颊都冲我流露出笑意。我俯下身去，亲吻她的头顶，她雪白的头发如同硬毛刷一般扎着我的嘴唇。我牵起她的一只手，感受着那只手羽毛一般的触感；我在她面前站了一刻，低头俯视着她。她整个人都喜气洋洋地表示欢迎，只是她的双眸中却没有一丝笑意。这双眼睛既小心又警觉。我曾以为，当人们年老时，他们的视力会变弱。可不是这样。她可以清清楚楚地看到我。她凝视的目光就如同 X 射线一般。不过话说回来，我此刻的目光又何尝不是这样。这眼眸深处的阴影是怎么回事？这种情绪是忧虑吗？抑或是恐惧？

第十一部分

Part Eleven

伊夫琳

　　沐芭蒂正在出庭作证。她没戴首饰，素面朝天，一头短发，看起来十分清新自然。她周身散发出一种简洁明净的气质，令整间庭审室都显得华贵起来。当她陈词时，那平静中透着热情的语气让庭上的人倍感安慰，就连屋顶吊扇愈加刺耳的嘶鸣声都不再那么令人厌烦。我一心想要个像她一样的女儿。要不是我出于恐惧，打掉了那个孩子，也许我本可以有一个像她那样的女儿。

　　我飘上证人席，像一只巨大的蜻蜓一般扑到她面前。我伸出手去，握住她光洁的手。她睁大双眼，又惊又喜。过来，我微笑着对她说，我是你母亲。如果你在所有这些人面前牵起我的手——所有这些法官、警察、狱卒和伸长脖子的听众面前——你会发现我们两人能够飞翔。真的吗？她一边问道，一边把她的另一只手也放在我的手中。我温柔地拉起她，她离开座位，与我并肩飘然而上，越过证人席的扶栏，越过律师的桌子，越过庭审室里拥挤的人群头顶……飞出大门，飞向天空。我们轻如空气，轻似蓟草。我们母女二人一起，向着太阳飞去。

　　当我结束这番神游，收回思绪，在我律师身边的硬木椅上端正坐好时,她正说道,没有,我一点都没起疑心。

她们是老朋友。利萨妈妈认识她,见到她十分开心。事实上,我还从未见过她如此兴奋呢。她们需要聊聊,需要一些独处的时间。是利萨妈妈坚持要这样的。

律师用谴责的口气说道,于是你就擅离职守了,离开了利萨妈妈床边,甚至离开了房子。

我女儿垂下头去,但很快又抬起头来。她双眼闪烁着活泼的、顽皮的光亮。有时,她的目光正是如此。

她转过头去,面向法官们。她坚定地说道,阁下们,那时我确实离开了那一带。

他们都无视这耀眼夺目的生命力。它是这样的纯粹和真实,又是这样的美丽。

我反对,反方律师说道(我无法真正再将两方律师区分开。辨认我方律师的唯一方法,是留意他们中哪一位坐在我身边,以及辨别他身上散发的味道:他身上的古龙香水味是美国很受欢迎的一款)。被告的残忍行径不是目击证人可以预先知晓的。

律师刺激她说,当时你有怀疑过什么吗?

那孩子看上去十分痛苦。我很替她难过。他们怎能觉得整件事中她有一丝一毫的过错?是我将沐芭蒂从她的岗位上支开的。是我告诉利萨妈妈:利萨妈妈,让这姑娘休息一会儿。你的另一位女儿已经从美国赶来,专门来照顾你!返乡照顾长者是符合古老传统的典型做法,她又如何能够拒绝呢?

那时利萨妈妈是这么说的,哦,我简直太幸福了,心花怒放!

能在这里见到纳法的女儿,见到她就站在我的床边,多么好啊!哦!我肯定会快活死的!

当时我觉得她这么说很奇怪。

控方律师问道,那时你对被告的印象怎么样?

沐芭蒂迟疑良久,然后回答道,她像妈妈一样。

那年轻人很吃惊。他的表情流露出的意思是,这样的恶魔,像妈妈一样?怎么可能!

是的,沐芭蒂以肯定的语气继续说道。我尚在襁褓中时,就失去了自己的母亲。不过我从不相信她真的辞世了。当约翰逊夫人出现在门口时——

律师打断了她的话,说道,童年记忆与这场庭审毫无干系。不过当然,比较有人情味的回复本该是让她把话说完。虽说这种问题是让人很难启齿的:你母亲当年是怎么去世的?在奥林卡,这是一个为人所避讳的问题。人们从不敢问这个问题,因为害怕知晓答案。

沐芭蒂陷入了沉寂,只是看着我的脸,凝视着我。我能看出,她没有丝毫谴责我的意思。

伊夫琳

我很同情亚当。他虽然身体健壮,情感上却很脆弱,汗珠一颗一颗从他的上嘴唇冒出来。很难相信,这个花白头发、花白胡子的老人是我现在的丈夫,过去五十多年来的挚友,曾经的爱人。

哪怕只是在人满为患的法庭上露个面,他也自觉罪孽深重。他忧郁地朝上方看去,注视着新近上过油的、缓缓旋转着的吊扇,或是向敞开的窗户外面看去,等待着接受和应对律师尖锐的提问。

我记得,他的身体曾经十分纤细紧致。我还记得,我曾怎样亲吻过他漂亮、光洁、宽阔的胸膛,从一个乳头吻到另一个乳头。

他正在说,我是一个苦难深重的女人,懵懵懂懂地承受了施加于身体的仪式,自此整个人生都被毁掉了。

他一说出"仪式"一词,法庭上的人群就骚动起来。可以听到男人的声音,还有女人的声音,都在要求亚当安静。闭嘴,闭嘴,你这个可耻的美国人!这些声音叫喊道。你打算公之于众的是我们的内务,我们不能公然谈论这一禁忌。

亚当看上去疲惫不堪,都快要哭出来了。

这些声音嘘声说道,利萨妈妈可是民族功臣!你妻子谋杀了一位民族功臣,谋杀了整个民族的祖母!

我感到复仇女神们,即那些尖叫的声音,在我的脖子上缠绕了重重线匝。[①] 可我不会让自己就这样窒息。我成了尖叫声的一部分,声音从我自己的脖颈处升腾而起,仿佛我是一阵风。我在庭审室上空一阵一阵地呼啸,声音渐高,几欲爆炸。

---

① 在古希腊神话中,复仇三女神克洛索、拉克西斯和阿特洛波斯分别负责缠绕生命之线、决定生命之线的长短和剪断生命之线。

法官们一再要求场内安静。其他那些复仇女神和我本人的声浪都平息下来。最后，庭审室终于恢复了平静。

此时，我正想着的是，不知怎的，我从未和莉塞特见过面。我想到她是怎样试图了解我，拜访我，给我写信；怎样寄来烹饪书和食谱，试着让我对法式烹饪感兴趣；怎样寄来野生蘑菇的剪报，告诉我该去哪里寻找它们（我曾经凝视着镜子，吐出舌头，对自己嘀咕说，这些做法一点儿用都没有）。她还送来了她的儿子。我又是如何拒绝了她，如何觉得她对我了解得过多了。

然而，突然之间，她在经历了漫长又痛苦的挣扎之后，溘然离世了。她将她的眼睛遗传给了皮埃尔——因为他并没有继承亚当的眼睛——这是一双洞悉一切的眼睛，带着一种审视的神情。它从哈佛本科宿舍那样遥远的地方看过来，看穿了我的心事，甚至看进了我的梦境里。

他这样写道，亲爱的[①]约翰逊太太，我希望您在读完这封信之前，不要将信撕掉。（读到这里时，我当然将信撕成了两半，然后将碎片拼接在一起，接着读信。）我过去总是听人提到，在您梦境中，有座塔让您惊惧不安。我母亲自听说这座塔以后，就沉迷于它带来的重重疑问中。她阅读了许多书籍，试图弄清楚它可能意味着什么。自我孩提时起，我就和她一起努力，寻找答案。在我脑海深处，您那令人窒息的梦魇总是挥之不去。父亲不过对母亲提起过一

---

① 原文为法语。

次。然而，他那时讲述得活灵活现，从此我们一家再也无法将它从脑海中抹去。

因为我们母子二人都明白，您的这场噩梦，这场梦魇，不仅将您困在了黑暗的高塔中，也将我父亲困住，让他不能与我团聚。

太太，我现在知道这座塔到底是什么了。只是我可能还不明白，这座塔意味着什么。

您也知道，我目前就读于伯克利，这里距离您家倒不是很远。

您能别再冲我扔石头了吗？

我们能见见面吗？

皮埃尔·约翰逊

亚 当

他们不愿意听到自己孩子遭受的痛苦。他们将讲述痛苦的行为视为禁忌。正如清晰可见的月经痕迹。正如女人的精神力量。正如男人的软弱可欺、犹豫不决。它们都是禁忌。当他们说出"禁忌"一词时，我试图与他们对视。他们的意思是，某件事很神圣，因此不宜公开审视，以免破坏其神秘感？还是这件事太过污秽不堪，不能公之于众，只因害怕荼毒年轻人？又或许他们的意思不过是，他们不能也不愿费事，聆听别人对已是成规的传统说三道四？他们本是传统的一部分。据他们所知，传统一直延续至今，并且还将继续延续下去。

这些都是我父亲教导我去探究的问题。他是这么说的，哎，亚当，什么问题是一个人必须追问的，关于这个世界的最重要的问题？我会想到很多事情，提出很多假设，然而父亲的回复总是一样：为什么那个孩子在哭泣？虽然老托拉比肮脏老迈、疾病缠身，让我十分厌恶，但即便是在他身上，也藏着一个哭泣的孩子。在他去世之前，我看出了这一点。他从未爱过他的大多数妻子，他甚至一点也不恨她们。他将她们视作奴仆，可以随意丢弃，却几乎连她们的名字都记不住。而那位逃走的年轻女人，也就是他那位溺水自杀的妻子，至少他觉得自己是爱她的。不幸的是，对他而言，"爱"和经常性的、强迫性的性交是一回事。于是他最后就这样躺着，满身伤痕，老泪纵横，悲悼自己的人生，却对自己的过失一无所知。他曾不止一次下流地对我说，你知道吗？女人那里是坚不可摧的。它们就像皮革一样，咀嚼得越多，越是柔软。说这话时，他双目放光，眼中盛满了情色和暴力的记忆。

如果这间庭审室里的每个男人都切除了阴茎，事情又当如何？那种情形将会与这个房间里所有女人的处境十分类似，这样一来他们是否更能理解她们？即便只是坐在这里，女人们也会因肌肉不自然的收缩而痛苦不堪，只因她们的身体被部分切除，又被重新缝合。他们又是否对这些情况更了然一些？受害者不仅仅是伊夫琳，还有纸店里的年轻女人，售卖橘子的老妇人，身穿华贵衣袍、鼻子扑着粉、扇着扇子，免得浑身汗津津的中产阶级女士，紧紧挤在后门的贫穷妇人，以及美丽动人、女儿一般的姑娘——沐芭蒂。

想想看，在这间庭审室里，从未有人倾听过她们的声音，这是多么令人生厌啊！我视她们每个人为父亲一贯关注的小孩子，她们正恐惧地冲自己尖叫着，声声入耳，无休无止。

控方律师说道，据我们所知，尽管约翰逊太太是奥林卡人，但她在美国生活了许多年。对黑人而言，在美国的生活本身就是一种折磨。

我茫然地瞪着他。

约翰逊先生，情况是不是这样的，当您太太身在美国，置身于极具压迫感的白人中时，她经常被送往精神病院？

我说，我的妻子受到了伤害。她只是受了伤，身心俱疲。她没有发疯。

伊夫琳大笑起来，还故意挑衅似的甩甩头。这笑声既短促又尖锐，就像犬吠一样。她受到的伤害是无以复加的，她的疯癫是确凿无疑的。然而怪异的是，她也因此获得了解脱，变得无拘无束。

伊夫琳-塔希

如果可能的话，他们所有人会将美国的一切从我身边夺走。不过我不会让他们得逞。如果情非得已，我会阻止他们。正如我阻止埃米一样。你能怎么阻止某些人呢?你可以不相信他们。

亚 当

当我们做心理咨询时,塔希的新医生雷伊说,女人们接二连三地来我这里,对我抱怨说,她们的丈夫、男人、情人对她们不忠,或曾经对她们不忠。不忠的后果十有八九会导致女方性冷淡。她沉思着问道,这可以说是一种心理上的割礼吧?我告诉她,我不知道。我从未想到过,折磨着塔希的是一种旷日持久的痛苦。我之前总以为,她所承受的恶行是一次性施于她的。

第十二部分

Part Twelve

塔希-伊夫琳

"情形大致是这样，上帝阿马拿起一块黏土，在手中按压，随后扔了出去，与他布星时的做法如出一辙。黏土四散开去，掉落在北方的黏土形成了此物的头顶。此物从北方伸展至南方，直抵世界的另一头。不过它的整个动作都是沿着水平方向的。这块泥土头朝北方，平平地躺着。它就像子宫里的胎儿，四肢向着东方和西方生长和伸展，逐渐长成了一具躯体。也就是说，它从中心的泥土块中生长出四肢来。这具躯体仰面朝天，自北向南地笔直平躺着。它是具女性的躯体。它的性器官是一座蚁丘，它的阴蒂是一座白蚁的巢穴。阿马感到孤独，欲与此物交合，于是向它走来。第一次有违宇宙秩序的事件就这样发生了……

"当上帝靠近时，白蚁的巢穴直立起来，遮蔽了交合的通道，表现出男性的特质。它就和那位外来者的器官一样强壮有力，让交合无法实现。然而上帝是无所不能的。他割掉白蚁的巢穴，与切割之后的黏土交合。只是，这桩创世之初的插曲注定会永远改变世事运行的轨道……"

皮埃尔阅读时，我端详着他的脸，寻找着亚当和莉塞特相貌的痕迹。他似乎完全融合了两人的特质，因而也是一个全新的人。在他身上，"黑种人"的特征已经消失了，"白种人"的特征亦然。他的双眸是深褐色的，很有神采。他的前额是棕褐色的，十分高挺。他的鼻子宽宽，略有些扁平。他告诉过我，他喜欢男人，也喜欢女人。他说，既然他是两种性别的后代，也是两个种族的后裔，那么他的这一取向再自然不过了。既然从未有人因他是双族裔而感到吃惊，又为什么必须有人为他是双性恋而感到吃惊呢？我从未听到过这种解释，也不能完全理解这种说法。它似乎逻辑性太强，我的头脑无法接受。当他阅读时，他的哥哥坐在对面，沉浸在对他的欣羡中，他们已经一起消磨了许多时光，结伴在伯克利校园和城市的街道闲逛。他们很开心地将彼此视作最好的朋友。

眼下，他突然停止阅读，看着我。这是从马赛尔·格里奥勒[①]——一位法国人类学者所著的书中摘选出来的，他边说边翻着书页，这样一来，我就能看到书的橙色封皮，读到书名——《与奥格特梅利对谈录》。我这时正处在一种药力柔和、药效舒适的新药物的影响下，感觉就像吸了大麻。虽然皮埃尔一片诚心地读书给我听，我却并没有领会到这段文字的意义。我甚至没有完全弄明白，他怎么会坐在我的起居室里，读这么一本奇奇怪怪的书给我听。我已经放下对他的憎恶了吗？我盯着本尼看，他看上去十分快

[①] 马赛尔·格里奥勒（Marcel Griaule, 1898—1956），法国人类学家，因对多贡人的研究而闻名。

活。于是我低头盯着我的膝盖。服药后,我的双眼总是刺痛,闭上眼睛才能缓解。而皮埃尔就仿佛我正在倾听似的,接着读道:"上帝又与他的泥土妻子交合,这一次再无意外发生。割去那一祸根,也就把先前乱象的根源去除了。"我察觉到他停了下来,摩挲着书页,仔细打量着我。我抬眼向他望去,竭力做出一副欢快的表情。我说,我醒着呢。千真万确,我正听着呢。然而,当他继续阅读时,那些字句总是刚传到我的耳中,就立刻被他收回打住,仿佛是印度橡胶制成的一般。这一幕分散了我的注意力,我看着本尼,看他是否留意到这一情形。而他完全没留意,只是把记事本搁在膝盖上,坐在那儿听得出神。我不由得问自己:既然他从来不记事,之前又是谁教会他写字的呢?

"神灵在地上画出两个轮廓,一个压在另一个身上,一个是男人,另一个是女人。男人在自己的两个影子上伸展着身体,把两个影子都收为己用。而女人也效仿了这一做法。于是这就成为一条法则:每个人在诞生之初都被赋予了性别迥异的两个灵魂,或者说,都被赋予了与两个独特人格相对应的两套法则。在男人身上,女性的灵魂被封存在了阴茎的包皮中。在女人身上,男性的灵魂被封存在了阴蒂中。"

听到这里,我抬起头来。皮埃尔继续读道:"人类的生命没有能力支撑两个灵魂的存在,每个人都必须融入看上去与自己最为契合的性别之中。"皮埃尔合上书本,把手指夹在书页中,说道,因此,男人割去包皮,以除去他的女性特质。女人割去阴蒂,以除去她的男性特质。他坐在椅子上,身体前倾,说道,也就是说,在很久以前,人们觉得有必要将人永久性地限定在他们特征较为明显的性别中,虽说他们也承认双重性别是自然赋予人类的特质。

我问道,这是多久之前的事情?我关注的焦点变得有些模糊不清。

皮埃尔耸了耸肩,恍惚中,我从他双肩流畅的波浪形线条中看到了他母亲的样子。

他说,就连克娄芭特拉①也受过割礼。娜菲尔提蒂②也不例外。不过有些人认为这本书讲到的民族,也就是多贡人,来自比她们的文明更为古老的一种文明。这种文明向北方扩张,从非洲中部北扩到古埃及和地中海地区。说到这里,他停顿下来,陷入了沉思。我母亲曾经说过,在所有主流宗教诞生之前,生殖器切除表现为一种缠足的习俗。

随后他离开家,陪着本尼去打篮球。我独自一人守着那本书,思索着他最后的评论留下的谜团。其中一些书页他已经十分体贴地帮我标记过了。突然之间,我清清楚楚地看到了莉塞特。她坐在窗边,窗前摆放着一张书桌。当她蹙起她白色的眉毛,仔细研读面前那本厚厚的、褐色的书籍时,她脑子里想着的正是我。她凝视着一幅图画,上面画有一只中国女人的脚,形状纤巧,散发着异味。她

---

① 古埃及王朝最后一任女法老,也是最后一任女国王,也是传说中的"埃及艳后"。
② 古埃及十八王朝阿肯纳顿法老的王后。

所阅读的注释里说，这种异味对男人而言像是一种春药。男人就喜欢在准备占有女人之前，将两只无法挣脱的三寸金莲捧在自己的大手中，把它们举到鼻前，细细来嗅。这时女人是无路可逃的。这种无法行走的感觉最能满足他们的欲望。女人蹒跚着试图挣脱时所经受的痛楚，对男人而言则纯粹是一种刺激，可以增加追逐的情趣。

皮埃尔双肩独特又毫无美国特征的动作，还有他的言谈，都让人联想到他的母亲。我不禁寻思道，为什么我们会认为那些深切关怀我们命运的人会死去呢？

我翻开书本，目光落到了皮埃尔未曾读过的一段文字上："男人随即与女人交合，而女人在这之后孕育了一连串八个孩子中的头两个，他们日后成为多贡人的祖先。在分娩的时候，分娩的疼痛都集中于女人的阴蒂之上，一只看不见的手将阴蒂切除下来。阴蒂自行剥离，离开了女人的身体，变幻成一只蝎子的形状。蝎子的囊和尖刺象征着生殖器官，蝎子的毒液是阵痛时流出的液体和鲜血。"

我反复阅读这段文字，我的视线总是停留在"一只看不见的手"这几个字上。我想，早在许久以前，上帝就已经抛弃了女人。在她身边徘徊那么久，就是为了向男人证明，切除阴蒂是不可不为之的。但如果这疼痛并不像她分娩时的阵痛那样，又该如何？毕竟，我所感受到的痛才是真实的疼痛。我已经分娩过了，我也没有阴蒂，可以让所有痛感都聚集在那里。

我继续读道："双性灵魂非常危险。男人就应该阳刚，女人就应该阴柔。只有切除包皮和割去阴蒂才是……救赎之道。"

可是谁又经得起长久地想着这件事呢？我合上书本，摇摇晃晃地从房间一头游荡到另一头，重重跌坐在沙发上，沉浸在电视上重播的《捧腹大笑》节目中。

亚　当

令我悲哀的是，皮埃尔一直未婚。他一心追求他的事业——做一名人类学家，还花了不少私人时间与本尼待在一起。对这种生活他似乎心满意足，甘之如饴。这个身量瘦小（对一个男人而言）、头发蜷曲、有着柚木色肤色的人竟是我的儿子！一想到他已人近中年，我就倍感惊奇，那感觉和他两岁时我感到的惊奇并无二致。尽管他嗓音低沉，比我——一名有色族裔的声音还要低沉，但因为口音的缘故，有时他的声音听起来还是十分陌生。我在他身上看到了他母亲的影子。莉塞特在去世之前缠绵病榻良久，却勇敢地决定独自一人面对，捍卫自己的尊严，直到生命的最后一刻。当她与病魔相抗争时，她那粗粗的法式脖颈时常激烈地战栗紧绷着，但她还是日复一日地清瘦下来。最后，她只能靠讨要吗啡，越来越多的吗啡来维持生命。我在皮埃尔身上看到了她的影子，这让我最后几次看望她的记忆变得可以承受，同时也唤醒了我关于我们早年时光的快乐回忆。

皮埃尔笑话起我的关切之情来。他巧妙地避开话题，免得自己评论出声,我自己的婚姻就够艰难的。

他说,我和我的工作结了婚。

我反驳说,可是你的工作不能生孩子。

他微笑起来。他说,话是没错。[1]不过我的工作也是可以诞下孩子的。这些孩子至少明白他们为什么害怕。如果一个孩子总是在害怕,又怎么能自在地做孩子呢?

我无法辩驳。孩提时,皮埃尔就听说了塔希梦中的暗塔,还有塔希对这座塔的恐惧。从那一刻起,他就从未忘怀过她所承受的苦难。他每学会一点东西,不论是如何微不足道,也不论是在怎样的环境下,和谁一起学会的,都会联想到她的困境。自他成年之后,我们之间的交谈总是可预见地包含了一些信息。他将这些信息收集起来,作为他所了解的塔希之谜的一部分。

比如,他曾提起他唯一爱慕过的一位姑娘。她是伯克利的学生,经常和他一起骑马。

在一次午后远足的途中,当我们坐在公园里的一块大圆石上时,他告诉我,她骑马时总是不用马鞍。骑马时,她会体验到性高潮。

我问,你确定吗?

他说,确定。她曾经昏厥过去。当我问她缘由时,她亲口承认的。

---

[1] 原文为法语。

我一想到居然有女人如此轻易地获得感官享受，就无言以对。我结结巴巴地说，呃，说起来，这也太随便了。

皮埃尔说，你在脑海中搜寻的词，不外乎"不检点"，或是"放荡"。按照字典的定义，如果一个女人在性行为上"不加节制"，那么她就是"淫贱""不检点"和"放荡"的。可这又是为什么呢？如果一个男人在性行为上不加节制，他不过是个普通男人罢了。

我说，那好吧。那时她放荡吗？

皮埃尔将重心转移到圆石上，朝着天空蹙了蹙眉。他用学究般的口吻说了一番话，一想到他那孩子般的身量，我现在仍会觉得这番话挺滑稽的。他说，现在，我们就能开始理解那些文化中主张性器官切除的人们，为什么坚称女性的阴道必须是收紧的，必要时才能靠外力打开。如果你觉得能轻松获得性高潮的体验，是"不检点"和"放荡"的行为，那么这就可以理解了。

我问道，为什么会这样？我指的是你的朋友。

她在夏威夷某处的一方小岛被人抚养长大，父母都是崇拜土地的异教徒。她几乎在做任何事时都能体验到性高潮。她说，在她的家乡，生长着一些她最喜欢的树。她爱在树身上摩擦。她可以面对着温热光滑的大圆石——就像我们坐着的这块——体验到性高潮；如果泥土凸出一点迎合她，她可以对着泥土有同样的体验。然而，皮埃尔接着说道，她从未与男人在一起过。她父母很早就告诉她，这种事并非绝对必要，除非她想要孩子。

我问道，和你也没有吗？

他说，恐怕我的爱抚反而有抑制，不，是令她干燥的效果。不论我怎样尝试，我接近她时总是很难摆脱一种想要控制她的态度。和我做爱时，她变得越来越难以湿润。一时间他脸上的表情有些悲哀，然后他咧嘴笑了起来。她去了印度。我觉得她舍弃了我，奔着某头她学着骑乘的大象去了，也可能是奔着某条瀑布中某股潺潺的、温热的水流去了。她的夏威夷小岛上有许多股这种情意绵绵的水流。

我总是觉得，男人之所以摧毁女人外部的性器官，是为了阻止女性之间的性行为。

皮埃尔说，我仍觉得这种说法是有道理的。此外，我与安妮女王的交往经验也证实了这一点。

安妮女王？你的朋友与"安妮女王"恩津加[①]，也就是那位非洲女武士同名吗？

他说，不是的。她与"安妮女王的蕾丝"[②]——一种野花同名。

在接下来的远足途中，当我们在水龙头边停下来，想要喝点水时，皮埃尔仍在沉思。他问道，是不是只有女人可以与万物交合？毕竟，男人也是有外部性器官的。可是男人会与泥土交合，从而与泥土合而为一吗？

[①] 恩津加（Nzingha，1583—1663），安哥拉女王，以抗击葡萄牙闻名。
[②] 安妮女王的蕾丝（Queen Anne's Lace），指的是一种野胡萝卜花，又称"蕾丝花"。

你的意思是，安妮女王并不是简单地在手淫？

不是的。她说她从不手淫，除非是与她自己。即便是那种时候，她也是在做爱，性交。只不过她的伴侣恰巧并非人类。

我问道，你是在与安妮女王一起时，发现了自己的双性恋倾向吗？

他说，是的。在遇到她之前，我从未被女人吸引过。我猜想，所有女人在性事中主要是在遭罪。直到遇到她，我才释然了。我总是觉得自己有双性恋的能力，但并没有过双性恋的真实体验。遇到她后，我认识到，即便是双性恋，也仍然和异性恋、男同性恋、女同性恋一样，是非常有限的一种性关系。我的意思是，我身边就有这么一位泛性恋者。你还记得潘神吧？他大笑着问道，唔，安妮女王可以做潘神的祖师奶奶了！

希腊神祇潘恩在森林里欢快地吹着长笛的形象，浮现在我的眼前。他的人类脑袋长在一具由许多不同动物肢干组合而成的躯干上。至少在人们的想象中，很显然，他的先祖们和许多生灵都有过性关系。在他之前，安妮女王的先祖们和大地都发生过性关系。我年纪太大了，没法恰如其分地使用"哇哦"这样的惊叹词。然而我听到自己发出的正是"哇哦"的声音。这让皮埃尔又大笑起来。

但不一会儿他又重拾思绪，用悲悯的语气说道，在情色电影中，女人这种可以通过各种方式获得欢愉的能力以一种扭曲的方式呈现出来。我看过一些电影，在电影中，女人被迫与驴、狗、枪支和其他武器发生关系，还有形状奇怪的蔬菜、水果、扫帚把手和可乐瓶子。这难道不是强奸行为吗？过了一会儿，皮埃尔说道，男人嫉妒女人的欢愉，因为她并不需要通过自己来获得这种欢愉。当她外部的性器官被切割掉，只留下最小的、失去弹性的开口去获得愉悦，这时他才能相信，只有他的阴茎能抵达她身体的内部，给她所渴求的东西。不过，这样大费周章仅仅是为了满足他对她的征服欲。这确实是一场战争，战争双方都血流成河。

我说，啊！这大概是最初的两性战争吧！

他回答道，千真万确。

我说，呃，有些男人转而向动物或是向其他男人寻求安慰。要么就在交合时将女人视作小男孩。

他做了个鬼脸，说道，如果你对他人的痛苦有丝毫的体恤之情，或是能够体察你自己的痛苦，你还能怎么做呢？强迫自己进入某人的身体，而那人的血肉已经凝结成抵御你的屏障，那时的羞耻感更是无须赘言的。

第十三部分

Part Thirteen

伊夫琳

多年来，我一直在收看一档名叫《河畔》的电视节目。这档节目是关于一所收治精神失常患者的医院的，让我不禁联想到了韦弗利。当埃米·马克斯韦尔被雷伊介绍给我时，我觉得她像极了那位扮演医院里已退休名誉院长的女演员，这一角色是个既强硬又温情的女强人。我很快就在她面前放松下来。她是一个年迈、瘦削、满头银发的人，满口整齐洁白的牙齿，似乎永远是一副嘴巴弯弯、露齿而笑的表情。她透过一副银色单片眼镜凝视我，对着我伸出她的一只手。

雷伊像平常一样坐在她红褐色扶手的椅子上，脸上流露出困惑的神情。我无法揣测，她为什么要把埃米和我带到一起。我开玩笑般地暗自寻思道：这个女人不会是姆泽某位姗姗来迟的亲眷吧？

雷伊向前探了探身子，说道，我最近从埃米那里了解到一些情况，我觉得你可能会感兴趣。

大家都沉寂良久。在这个间隙，我很清楚地看到了埃米扑了粉的粉红面颊，闻到了她身上香水的桑橙味。最后她开口说话了。她说起她的儿子，乔希——这个词在奥林卡语中是"缠头巾"的意思——多年来都是雷伊的病人。她轻柔地、试探性地说出了他的名字，好像并不确定她是否有权力这么做。他二十多岁时，一直在一个大型芭蕾舞公司跳舞。这之后，他的舞蹈事业渐渐难以为继。他因年纪渐长又失业抑郁，才三十多岁就自杀了。

埃米说，他几乎从出生起就罹患了抑郁症。她用一种自责的目光看看雷伊，又看看我，继续说道，几乎从他出生开始，我就带着他去看心理医生。他就像是一个恪尽职守的小小士兵一样，毫无怨言地任由一长串精神病医师检查他的大脑和心脏，努力适应我保持乐观心态的要求。我对乐观阳光的心态过于执着，而他父亲是一个有着正常情绪起伏的男人。最终他不堪忍受，离我而去。埃米又说，不论发生了什么，我都战胜了这一切。我自己的母亲曾经是这么教导我的，她自己也总是这么做的。她是个郝思嘉①式的南方美人儿，一生中有很长时间都生活贫困，但最终享尽荣华富贵，只因她嫁给了我父亲，父亲在新奥尔良商业区拥有许多产业。

说到这里，她停了下来，看向窗外。此时正是二月，街道对面，洋槐花正在盛放。我们三人都缄口不言，欣赏着娇小的黄色槐花在浅浅新绿的映衬下，星星点点开放的景象。我比之前更困惑了。我从侧面望着雷伊，而她却靠在椅子上。当她注视着埃米的脸时，眼神十分温暖，流露出鼓励的神情。我意识到，这并不是她第

---

① 美国作家玛格丽特·米切尔所著小说《飘》中的女主人公。

一次听到这些。

埃米将她细细的手指绞在一起,清了清喉咙。我寻思着:她有多大岁数?七十五、八十,还是更老?不论年纪有多大,她似乎都极为健康。她说,当他终于来到这里,遇见雷伊时,才开始怀疑,他之所以经常抑郁,根源在我。

我说,你这是什么意思?

埃米叹了口气,说道,我的意思是,当我还是个很小的小姑娘时,我曾有过自慰的行为……对着私处。这一习惯让我母亲觉得很羞愧。当我三岁时,她每晚哄我入睡前,都会把我的双手绑起来。四岁时,她会把热辣椒汁涂在我的手指上。六岁时,她叫我们家的医生割去我的阴蒂。

我狐疑地问道,新奥尔良是美国的一部分吗?这是我唯一能想到的话了。

埃米说,是的,我向你保证,它千真万确是美国的一部分。没错,我目前要告诉你的正是这样的事实:即便是在美国,一个富裕家庭的白人孩子也不能在众目睽睽之下,泰然自若地自慰。当然,时至今日,情况会有所不同。即便是在那时,也不是每位父母都像我的母亲那样,反应那么极端。不过我可以肯定,我的遭遇并不是个例。

我说,我不相信你的话,边说边起身要走。因为我看到我心目中的美国生机勃勃的绿叶在片片枯萎,飘落在地。她波光粼粼的河中则流淌着血水,污秽不堪。

雷伊也站起身来，将手搭在了我的胳膊上。我很生她的气，我知道我的眼神流露出我的情绪。她竟然胆敢要我接受这样的谎言！

她说，你等一下。

我坐了下来。

埃米微笑起来。尽管她的牙齿齐齐整整，形状更适合开怀地咧嘴笑，但她的这个笑容很轻微，很拘谨。她问道，你不会觉得自己是唯一一个赴美生活的非洲女性吧？

事实上，我真的这么想过。在我看来，美国黑人女性和奥林卡女人是很不一样的。我几乎没怎么想过，她们的曾曾祖母也是非洲裔的。

埃米说，有许多非洲女人来到了这个国度。她们都是被奴役的女人。她们中很多人被贩卖为奴，只因她们拒绝接受割礼。但很多人即便接受了割礼，阴部又被锁住，也仍然被贩卖为奴。这些私处被缝合的女人吸引了许多美国医生，他们成群结队地来到拍卖奴隶的地方，检查她们的身体。而女人则赤裸着、毫无防御能力地站在拍卖台上。医生们学会了对其他沦为奴隶的女人"例行公事"，这一操作被他们冠以科学之名。他们发现这一操作对白人女人也有个用处……说到这里，埃米突然大笑起来。他们在他们的医学期刊上写道，终于发现了一种治疗白人女性歇斯底里的方法。

雷伊一本正经地说道，这个嘛，总要有人寻到个治疗办法嘛。于是她们两人竟然坐在那里，哈哈大笑起来。

我瞪着埃米说道,我不太理解你们的话。

我们家厨子的祖母就曾接受过割礼。当她还是个小姑娘时,她接受了许多手术。她不能生孩子,于是她收养了格拉迪丝——我母亲的童年玩伴和女佣,她的阴蒂也已经被切除了。只不过她不像她母亲那样,私处被锁了起来。格拉迪丝性格极为温顺,她虽然并不是法律上的奴隶,但在精神上极其奴性。她完全没有勇气,也没有自我。我母亲称她具有"温柔的品格",总是举她的例子作为我的榜样,还一心希望我成为她那样的人。

雷伊和我注视着她,眼泪顺着她的面颊流下来,她的脸上仍然保持着欢笑的表情。在我来美国的第一年,亚当和奥莉维亚曾带我去马戏团。那儿有一名哭泣的小丑,脸上用白色颜料画着一抹大大的微笑。埃米的脸正和那小丑的脸一模一样。

她说,我毕生都被我母亲无形的手所操纵,说着她哭了起来,边哭边用握紧的拳头敲打着椅子扶手。这只手是无形的,因为这整件事我都记不起来了。

雷伊坚定地说,你那时还是个孩子。身为一个孩子,你被人告知你的扁桃体被摘走了。身为一个孩子,你并不知道你母亲竟能对你做出这种事。身为一个孩子,你浑然不知自慰为什么竟是这么大的罪过。你还太年幼,想象不到让人如此舒适的行为能有什么错处。

埃米用纸巾擦拭着双眼,抽泣着。她黯淡的双眼哭得红红的,看上去流出来的仿佛是汗水,而非泪水。

她说，我疼了很长时间。我母亲让我躺在床上，为我拿来柠檬水，缓解我咽喉的疼痛——她让我相信，手术部位是我的咽喉，因此我感受到的疼痛也来自那儿。而我害怕忤逆她，或是触怒她，也不敢用手指触碰真实的疼痛部位。我再也不曾以那种方式自慰过了。当然，当我偶然间触碰到自己那里时，我发现那里已经什么都摸不到了。

我日渐快活起来。我参加各种体育活动，因为喜欢竞技赛事带来的高昂兴致。我的身体紧绷、纤细、健美、完美无缺。我很随意地和人发生性关系。我疯狂做爱，情感麻木，只为忘却我心中的愤怒。若干年后，当我将母亲下葬时，我甚至微笑起来。但直到乔希去世后，我才开始记起这一切，那时我的人生实际上已几近虚度。因为突然之间，我不得不开始亲身感知我自己的情感。我曾试着借助乔希的身体再活一次，因为这具身体是完整的。我逼迫他成为一名舞者。当他无法再为我跳舞时，我能想象到他的悲哀。

我怒气冲冲，砰地关上雷伊办公室的大门，抽身而去。这场悲伤的谈话结束后，我不再收看《河岸》。我开始阅读我能找到的关于路易斯安那和新奥尔良的一切信息。我了解到，路易斯安那曾经属于法国。我在脑海中将法国令我恼火、让我敌视的事物又重新过了一遍。我想，也许，埃米的母亲与她的医生在沟通上有些障碍，这位医生可能像我一样，是来自另一个部族的异乡人。也许她的困扰根源于因语言不通而导致的复杂局面，也许埃米的母亲本意就是要切除她女儿的扁桃体的。

第十四部分

Part Fourteen

伊夫琳-塔希

如今，每一天，在我窗下的街道上，总有人游行示威。我看不到他们，但沸腾的人声顺着监狱的墙壁蔓延，透过铁栅，扑面而来。

奥莉维亚说，我所听到的，其实是文化原教旨主义者攻击女性的声音。这些女人从全国各地而来，将礼物供奉在我目之所及的灌木丛下面或是转角处。女人们带来了野花、草药、种子、珠子、玉米穗，以及她们自己所有的或是能够俭省出来的一切东西。她们绝大多数时候都很安静。有时她们会唱歌。男人们总是在她们唱歌时发起攻击，虽然她们每个人都知道并且能一起合唱的歌曲只有国歌。男人们用拳头击打她们，用脚踢她们，拿着棍棒向她们头上挥去，把女人们打得皮肤青紫、折筋断骨。女人们并不还手，而是像母鸡一样四散逃走，拥堵在沿街的一些店铺门口，直到店主拿着扫帚，把她们赶回大街上。

在我被判处死刑的那一天，男人并没有找女人们麻烦。奥莉维亚看到，那些女人们只是精疲力竭地坐在那里，尽可能地藏身在灰扑扑的灌木丛下。她们没有交谈，没有进食，也没有歌唱。直到被她告知她们表现得很消极，我才意识到，我已经习惯了她们带来的喧嚣。即便我的家人们都在我身边，为我抵御死刑带来的冲击，但如果没有街上打斗的喧闹声，我还是觉得孤独。

可是，第二天，歌唱声又再次响起，声音低沉又悲恸，中间夹杂着棍棒击打皮肉的声音。

本　尼

我不能相信母亲就要死去了——而死去就意味着我再也见不到她了。当人们死去时，他们魂归何处呢？我缠着皮埃尔，追问这个问题。他说，当人们死去时，他们会魂归故里。我问他，故里是哪里？他说，故里是一片虚无。他们会回归一片虚无。他用大大的字母在我的便笺本上写道：**虚无＝不存在＝死亡**。不过他随即耸了耸肩——正是他肩膀的奇怪动作让母亲最终喜欢上了他——然后写道：**可是所有逝去的都会再次归来**。

我问他，这是否意味着母亲会回来？他说，是的，这是当然。但她不是以你母亲的身份回来。

他说，你可以这样看待这件事。在公元九一二年，奥林卡人民被一个愚昧的领袖统治着，他用绞刑对人民实施杀戮，而今天，他们愚昧的领袖用枪弹对他们实施杀戮；今天，他坐在奔驰车里，驱车前往各个地方，而在公元九一二年，他由四名身体强健的奴隶扛在肩膀上，前往各个地方。你明白了吧？

我并不明白。

亚　当

当有人告诉你，你的妻子将被公然杀害时，那种感觉真是痛彻心扉。我一直想着这件事，焦虑不堪，如鲠在喉。奥莉维亚告诉我，不要读报纸，报纸上谎话连篇。可是我就是克制不住地要去读。我就像着了魔般地关心这个国家的社会问题，虽然这些问题都是由能力欠佳、道德败坏的记者们披露出来的。时至今日，所有诚实可信的记者要么已经遭到打压、缄口不言，要么被人买通，或遭人暗杀，或驱逐出境。留下的那些人只有一个使命：欺骗民众、奉承总统。在留存下来的两类报纸上，每一期都刊有总统的巨幅照片：他脸盘圆圆、呆呆笨笨、喜笑颜开，像一轮邪恶的满月。他将终身担任总统一职，这是不容置喙的。总有人反反复复地提醒民众他年轻时抗击白人殖民者的英勇事迹。还有人日复一日地告诉他们，时至今日，仍有些新帝国主义者一心要从他们手中窃取他们的国土。而他又是怎样与这些人斗争的。民众们被告知，他如何精打细算地使用日益减少的资源，为应对最近的一场旷日持久的旱灾，他只允许自己宫殿的草坪每周被灌溉一次。当然，实际上，这也是奥林卡唯一的一处草坪——草坪并不是非洲传统的一部分——可这又有什么要紧的?

他疯狂地坚持要判处塔希死刑。据说他所有的妻子——除一位来自罗马尼亚的以外——都由利萨妈妈行了割礼。有几位职业女性要求见他,请求赦免塔希,饶她一命。可她们都被他的秘书拒之门外,还受到警告说,如果她们继续在这个案件上为塔希争取权益,向当局施压,她们就会失去工作。这些女人被打发走时,还被留下了一张照片。她们看上去十分羞愧,双眼回避着摄像头。人们很容易联想到她们曳地而行的步态。

夜里,我梦见了塔希。她还是一副小姑娘时的模样。在我的一场梦境中,我再次听到了她曾经最喜欢说的一句话:不过,这是什么?当我的父亲或母亲拿出他们带过来,或从美国捎来的某件稀罕物件时,她总是这么说。比如说,她之前从未见过万花筒。她会惊奇地瞪大双眼,把万花筒在眼前转了一圈又一圈,在万花筒变幻出奇妙的色彩和形状时发出"哦哦啊啊"的声音。在这种时候,她便会用惊奇不已的声音说,不过,这是什么?逗得我们哈哈大笑起来。

在我的梦境中,我见到了这个孩子。她骨瘦如柴、满身尘土,一路走来,沿途都是鲜血的印迹。她慢慢走向绞刑架。绞索在她面前晃来晃去,而她出神又好奇地看着它。共和国总统把绞索套在了她的脖子上,可她还是满脸惊奇,带着敬意用手指抚摸着绞索。绞索收紧起来,她叫道,不过,这是什么?她掉了下去,湮没无闻。

塔希-伊夫琳

既然正义之举已必将执行，我必将被处以死刑，那么我便能得到许可，接受家人以外的其他人探视。一天清晨，奥莉维亚带来了几位陶匠，正是她们一直在复制古老的生育娃娃。

不过显而易见的是，她们长得可不像生育娃娃。我因为在牢狱中久坐，牢饭里又富含淀粉，所以变得十分壮硕。而这些女人中有一人和我一样壮硕，和树干一样结实。她告诉我说，"玩偶（doll）"一词是从"偶像（idol）"一词中演化而来的。这些神像在流传到我们手中并被单纯视作玩偶之前，曾经一度被人奉为造世主、女神和生命力本身。她拿出一沓绘画的照片，这些绘画都是她在国家最干旱地区的岩洞里和岩石间发现的。孩提时，我们总是被人告知，这些地方是女巫和妖精的居所。而后来，当我成年之后，我发现真正居住在那里的是游牧部落的族人。他们拒绝定居下来，生活贫困不堪。政府竭力仿效先前的英国殖民政府，对这些污秽不堪、满身蝇蚁的游牧民深以为耻。陶匠噘起嘴唇，像正吮吸着一颗种子似的，说道，在古代，人们年复一年地更新着这些图画——她轻轻笑起来——可以这么说，他们生活在一间宽广的艺术画廊里。而现在——她做了个鬼脸——这些画作的色彩已经暗淡无光，几乎难以看出。我从她的手中取过其中一张照片。如果仔细辨认，还是可以认出利萨妈妈棚屋中的小小人偶，这人偶笑容灿烂，双目紧闭，抚弄着自己的生殖器。如果"MINE"字样刻写在她的手指上，那么她的意思就再明显不过了。这个人偶形象鲜明、栩栩如生。无独有偶，另一张照片也摄下了一尊人像，人像将手放在身边一尊人像的阴茎旁。她也在微笑着。还有一张照片，上面展示的人像将手指放在另一个女人的阴道中。她同样在微笑着。另一个女人也在微笑。她们的确全部都在微笑。其他照片拍摄的女性人像有的在跳舞，有的舒舒服服地蜷在树荫繁茂的林木下，与动物嬉闹，还有的正在分娩。

另一位陶匠说，我们认为，在某个年代里，孩子们得到这些人偶，把玩这些人偶，视这些人偶为教具，她大笑起来，这在现在可是难以想象的。当女人沦为附庸时，这些人像被原封不动地掩埋进地下，他们的形象被画在了岩洞和岩石围墙的石壁上。当然，这些石像和陶土像中有一些被纳入了博物馆馆藏和私人收藏。其中最著名的一尊是一名男子和一名女子的交合像，男子的生殖器很大，女子似乎被它牢牢钉住。这是一尊十分古老的雕像，也许这解释了为什么白人会臆想所有黑人的生殖器都很大。她停顿了一下。许多雕像都被人损毁了，尤其是那些展示了女人阴道和她满足神情的雕像。她耸了耸肩。当然，现如今，每个小姑娘都会得到一个娃娃，可以拖着四处走。这是一尊作为玩具的小小女人像，人像有着你能想到的最为呆板的表情，完全没有阴道。

奥莉维亚用她特有的俏皮腔调说道，按照这套设计，我们是不应该有阴道的。因为正是通过这一门户，男人遭遇了他最不配知道的秘密。就让男人自己生孩子好啦！

陶匠们都大笑起来。

身材健硕的女人欢快地说道,我最喜欢的是这一尊。随后她从一沓照片的最下方取出一张来,照片上有一尊三个人像的连体像,样子很像"非礼勿视,非礼勿言,非礼勿听"的"三不猴"塑像。亚当的父母曾从美国带来一尊这种塑像,放在他们厨房的橱柜上。只是这三个人像——两个女人和一个男人——双手放在自己和彼此的性器官之上,他们的手臂重叠交错,形成一个结婚戒指的形状。

一想到这是缔结婚姻的一种方式,一看到那幸运的三个人模糊不清的面庞上挂着幸福的微笑,我就不可遏制地哈哈大笑起来,仿佛是这一幕唤醒了我身体里一直在沉睡或一直死寂的某种东西。哎,只是我的身体现在已经残破不堪,无法以一种不染尘埃的姿态去回应它。

不过,这是什么呢?我听到自己一边打喷嚏和大笑,一边终于开口说道。对我而言,我已经模模糊糊地瞥见在这个世间重获喜悦的可能了。

奥莉维亚

塔希说,当面对行刑队时,她想穿一条红裙子。我提醒她,她的审判决议正在上诉,美国也可能会尊重她的北美公民身份,希望仍然存在。她说，不论发生什么事，反正我想穿红色的衣服。我对黑色和白色厌烦得要死。那些都不是生命之初的颜色。红色是女人鲜血的颜色，它出现在那两种颜色之前。

于是，我们就这么缝制起来。

第十五部分

Part Fifteen

塔希-伊夫琳

当我为利萨妈妈梳理头发的时候，她说，你什么也不知道。你一直在询问自己生活年代里的人物和事件。只有傻瓜才这么干。我可以告诉你，指甲油的红色是女人对自己鲜血中蕴含力量的唯一认识。我这么说，你一定不明白我的意思。你也不明白，除了喜食肉类之外，女人嘴上的红色还代表着其他含义。说到这里，利萨妈妈富于联想地吧唧了一下嘴。

在奥林卡作为一个民族诞生之前，在那些年代久远的日子里，人们都说，女人的鲜血是神圣的。当男男女女成为牧师时，脸上都要涂抹上鲜血，使他们看上去与刚出生时一样。这一仪式象征着重生，即精神的诞生。我是由你丈夫的父亲，也就是那位传教士给我施的洗礼。那时我俯下头去，一言不发，因为我知道，他们教会的圣水是用来代替女人的鲜血的。他们认为我愚昧无知，他们自己对这一点却一无所知。

除去她充满谎言妄语的生命外，我还想从利萨妈妈那里得到什么呢？我无休止地为这个问题焦虑着，焦虑得都快要发疯了。每个夜晚，我都抚摸着藏匿在枕芯里的剃刀，幻想着她倒在血泊中气绝身亡的一幕。我发誓要把她布满皱纹的身体大卸八块,让她信奉的上帝都认不出她来。一想到我会割下她的鼻子,血淋淋地放在床上,我就微笑起来。但每天清晨,利萨妈妈就像会讲故事的谢赫拉莎德[①]一样,会对我讲述另一个版本的现实,内容是我先前从未听说过的。

一天,我正仔细清洗着她如爪般脚趾的间隙,她突然温和地告诉我,只有当执行割礼者被接受割礼的某个人杀死,"桑戈",也就是施礼者,才能证明她对自己部族的价值。她宣称,她的死亡是注定会被封圣的。死亡会将她擢升至圣人的地位。

这番供述,也可以说这番谎言,让我一连许多天都不能下手。

利萨妈妈

我知道年轻人难以想象或揣测的一些事情。当一个人已经有了足够多的人生阅历时,就能理解,死亡某种程度上其实是一件好事。

塔希来的第一天,我就从她的双眼中看到了自己迫近的死亡。我看得清清楚楚的,仿佛是在照镜子一般。那双眼睛是疯女人的双眼。她难道真的认为我之前从未见过疯子和杀人犯吗?

[①]《天方夜谭》里国王的新娘,靠每晚讲故事吸引国王,让国王不忍杀她。

当我还是个小姑娘时，在我生活的村子里，疯子都被隔离在荒野中。他们孤独地生活在浊臭逼人、摇摇欲坠的棚屋里，身穿污秽不堪的破衣烂衫。他们纠缠着的打结的头发像苔草一样覆盖在后背上。我学会了不去惧怕他们。因为我发现，正如村民们都知晓的那样，那些疯子尽管内心杀气腾腾，但注意力是很容易被分散的。总有些疯癫的女人或男人，行事让人始料不及，并不愿意住在一起。如果某人向你冲过来，你只需要给他一个番薯，或是给他唱首歌，或是给他讲个故事，故事内容只有疯子才能听懂，就能对付他了。那些让我们哈哈大笑的故事，那些荒诞的歌谣，会令他们潸然泪下。那些让我们悲伤的故事，那些关于我们经受的磨难，或是关于村子经历的浩劫，会让他们笑得像被恶魔附体一般。当他们或笑或哭，或啃食番薯，或徒劳寻找我们粘在他们苔草般的卷发里那几根散发着臭味的杂草时，我们就趁机逃跑。

为对付塔希，我提出了下面这个问题——到目前为止，她都没能妥帖地回答——塔希，我对她说，很显然，你非常热爱收容你的那个国家。我要你告诉我，美国人看上去是什么样的？

伊夫琳-塔希

那个老巫婆问我，美国人看上去是什么样的？我马上开始描述雷伊。我说，她的肤色是我在非洲从未见过的。那种颜色我只在某些种子荚或淡褐色的木头上见过。她头发鬈曲，略有些蓬松。这也是在非洲见不到的。她长有雀斑，这同样在非洲不曾见过。利萨妈妈听得很仔细，然后提出一些狡黠的问题。真的吗？她问道。可是美国不是那些可怕的白人的土地吗？

我连忙描述起埃米·马克斯韦尔来。她微笑起来嘴唇弯弯，她的肤色如同敷了粉一般，略带黄色和粉色。她双肩瘦削，双目如珠。她的白发梳得整整齐齐。她承受着悲哀和伤痛。

但利萨妈妈仍不满足。

我开始描述起那些肤色发黄、眼睛细长的人来。她嘲讽道，这些人一定是爱斯基摩人吧，她听说过他们。大家都知道，他们居住在遥远的北方，极寒之地。我确定自己能描述出一个真正的美国人吗？

我描述起电视上的白人来，他们的声音很热忱，眼睛里却流露出虚情假意。我描述了印度来的印度人，以及明尼苏达来的美国印第安土著，还有黑发红肤的女人，蓝眸黄肤的人，黑眸褐肤、说着一口异国语言的人。

利萨妈妈等待着我的答案。

她的问题似乎没有答案。毕竟，美国人来自这么多的地方。我想，光是想到这一点，就一定会让利萨妈妈脑子里一团浆糊了。她可是什么地方都没去过的。

如果你对某个非洲人说，奥林卡人或马赛人看上去是什么样的，要给出答案很容易。他们的肤色是褐色的，或是深褐色的。他们要么特别矮（奥林卡人），要么特别高（马赛人），很是醒目。然而美国人不会这么好描述。个子矮还是个子高，褐肤还是红肤，都不是美国人的显著特征。

最后，我认输了，不过我也感觉到她在跟我玩一个古老的把戏。于是我停止了她的小小游戏，把我们朝着她的死期又推进了一步。

好几个礼拜过去了，我向她描述了好几百号美国人。他们的外表鲜有相似之处，但他们都有逃离痛苦的隐秘经历，因而有着深刻的心灵共鸣。这时她得意地取笑我道，美国人看上去是什么样的？

美国人看上去是什么样的？我轻轻地问自己这个问题，随后看着利萨妈妈的眼睛。答案让我们两个人都倍感吃惊。

我叹着气，说出了下面的话，也许这是第一次，我明白了自己为何爱上这个收容我的国度：美国人看上去像是一个受了伤的人，有着不为他人所知的隐秘伤口，有时连她自己都没有意识到伤口的存在。美国人看上去就和我一样。

第十六部分

Part Sixteen

塔希-伊夫琳

沐芭蒂离开后的第一天,我受托为利萨妈妈洗澡。这时我才明白她的腿为什么是瘸的。她不仅切去了阴蒂、内外阴唇和其他每一寸皮肉,在她的大腿内侧还留有一道深深的伤口,从腿腱上穿过。这就是为什么当她行走时,她必须拖曳着左腿。她的左腿仅靠腿后腱和臀部肌肉支撑着。实际上,她的左臀比右臀要有力许多。即便她许多年来都没有很用力地行走过,但她左侧的肌肉仍然很紧实,很有弹性。

当她感觉到我的手指正摩挲着她旧伤留下的、坚硬如皮鞋鞋跟的瘢痕肌理时,她大声说,就是这里,摸摸看,我的女儿。我的亲生母亲当年忤逆传统,于是我身上留下了这道印迹。

因我先前已经下定决心,要在这一天杀死利萨妈妈,所以我有些犹豫,要不要对她的人生经历表现得过于关心。那些都是她谋杀杜拉之前的人生经历。可是她沉浸在回忆中,我又还没有给她洗完澡。于是我又一次陷入了圈套,聆听起来。

利萨妈妈

自奥林卡成为一个民族时起,"桑戈"就一直存在着。这一职位是家族传承的,就像牧师一样——在人们结成部落之前,他们也存在着。但那被人们视为一段邪恶的时期,因为人人都知道自己的母亲是谁,只因母亲生育了自己,父亲并没有享有同样的地位。子女无法确认父亲是谁。于是,母亲的兄弟就成了父亲。在那些日子里,房屋总是属于女人的,从来没有无父无母、无家可归的孩子。尽管如此,这一时期仍被视为邪恶的。不管怎样,从我能记事开始,在我的家族中,女人总是要做"桑戈"。

我问母亲,为什么会这样?

她回答说,因为这是很大的荣耀,也因为这是我们赖以谋生的本事。

我的母亲,她是一个悲伤的女人。我从来没见她微笑过。

她经常祈祷。

当我年纪渐长,能够意识到她的痛苦时,我开始注意到,当她祈祷时,她总是面朝某个特定的方向。她经常出门,朝着祈祷的方向走去。一路步伐缓慢,不时回头,仿佛有人跟踪她一样。

有一次,我跟着她,眼见她进入了一片枯木林立、人迹罕至的树林。她径直走向一棵朽坏的树木,从树洞里面掏出了一件东西。她拆开包裹,低头看着它,亲吻着它,然后又把它放回原处,所有动作都是一气呵成的。这片森林是一片无人地带,既贫瘠又干旱,一切都是半死不活、奄奄一息的。据说，很久以前，这片土地本来种植了谷物。有一对男女在此私通，致使这里草木枯萎。只是这一切都发生在太久远之前了，没有人还记得他们的命运如何，甚至没人能记起他们是谁。

母亲离开之后，我蹑手蹑脚地向那棵藏有小包裹的树木走去，小心翼翼地取出它，放在我的膝上，把它打开。这是一尊面带微笑的小小人像，一只手放在生殖器上，人像的每个部位似乎都完整无缺。那时我还没有受割礼。于是，在一个孩子旺盛的好奇心驱使下，我躺了下来，比较起自己和小人像的私处来。我藏身在一块巨石后面，非常谨慎地抚摸着自己。小人像快乐开朗的神情唤起了我的性欲，我马上对自己的触摸有了回应。这种感觉如此突然，令人震惊又猝不及防，让我吓了一大跳。我急匆匆地重新包裹起小人像，把它放回它的小神龛中，然后逃走了。

我经常回到那个荒芜的地方，将小人像从树上取下来，和它玩一会儿。但它似乎法力太强，我再也不敢仿效它。于是，我再也没有自慰过。如果我有过自慰的举动，至少我就能知道"桑戈"的工作试图阻断的是怎样一种体验。

你能想象感情丰富的"桑戈"过的是怎样一种人生吗？我学会了不去多愁善感。你是可以学着这么做的。在这一点上我很像我的祖母。她在情感上变得十分麻木，人们称她为"我是一只空空的肚子"。她会给孩子们行割礼，随后，即便那个孩子仍然在尖叫，她也会马上索要食物。而对我母亲而言，行割礼是一种折磨。

然后，有一天，母亲需要给我这个年龄段的女孩子行割礼。

在那一天到来之前，她一连数周，一直对着那个小小人偶祈祷。轮到我时，她试图轻描淡写地将割礼糊弄过去。当然，她割去了外阴唇，因为有四名身强力壮、目光锐利如刀的女人将我按压住，所以内阴唇也未能幸免。不过她竭力留下我的一块小肉结。当我与那尊小人像在一起时，那种触电般的感觉似乎是顺着那个小肉结延伸下去的。她仅仅在那里划了一下。可是其他女人看到了她的举动。

这场割礼由母亲开始，由巫医完成。他所知道的所有治疗方法和处方都是从女人那里学来的，这就是为什么他被称为"巫医"，他还穿着女巫的草裙。可是教他医术的女巫们已经被处死了，因为她们拒绝接受割礼。在不行割礼、不受管束的女人中，她们太过强大。他没有丝毫的怜悯之心，用锋利的石头切割下我的皮肉。我感到强烈的恐惧和难以忍受的痛楚，弓着身体一跃而起。

我再也不是曾经的那个我了。因为三个月后，那个终于从草垫上爬起来，拖着身子离开"启蒙"的草屋，最后回到家中的孩子，已经不是之前被带过去的那个孩子了。我再也见不到那个孩子了。

塔　希

眼见利萨妈妈胸口起伏、双目垂泪，我一边迫使自己硬起心肠来，一边说，可是，你是一次又一次地见到过她的，成百次，上千次。在你的刀下尖叫的正是她啊。

利萨妈妈抽噎起来。她说，那件事之后，我从未哭过。当疼痛最为剧烈时，当痛感到达顶点时，就好像是一面金属响鼓被一柄与之相匹配的金属棒槌敲击一样。那时我明白了，男人信奉的上帝是不关心妇孺的。女人的上帝是任其自生自灭的。

我说，哭出来吧。也许这样你会轻松些。

但我也看得出来，即便是现在，她也不能充分感受到她的痛楚，让自己痛快哭一场。她像是某个因受到打击而变得迟钝的人，痛苦不堪却又情感麻木。

她问道，他们为什么要我们这么做？我从未真正弄明白这一点。即便是在今天，女人们在生完孩子后，还是会回到"桑戈"这里，重新缝合开口，缝得比之前还要紧。因为如果开口松弛的话，他是不会获得足够快感的。

我说，这可是你教她们的。这也是你告诉我的。还记得吗？你说过，未受割礼的女人是放荡的，她就像是一只违论尺寸、人人可穿的鞋一样。你说，这是不得体、不洁净的。一个端庄的女人必须接受割礼并再次缝合，让自己只适用于她的丈夫，而她丈夫的欢愉就指着那道需要数月甚至数年时间才会慢慢扩大的开口。你说，男人热爱并享受着这种挣扎。对女人而言……不过你从未提及女人。是吧，利萨妈妈？你既没提到过她享受的欢愉，也没提到过她经历的磨难。

这一刻，我哭泣起来，哭泣的正是我自己。为我自己哭泣，为亚当哭泣，为我们的儿子哭泣，为我不得不流产失去的女儿哭泣。

为我做流产手术的医生说，要知道，你是可以选择剖腹产的。可我知道，我无法忍受被人死死按住，身体被切开的过程。一想到这一点，我就会重新陷入脑海中的阴霾，我已经一连数月竭力回避这些记忆了。我居高临下地看着亚当收拾行装，一年两次去往巴黎，和莉塞特及他的另一个儿子在一起。我看着本尼使出浑身解数，想要靠近我，融入我的身体，闻我身上的气息。而我就像一只乌鸦一般。在我的臆想中，我一直在不间断地拍打着我的翅膀，嘎嘎叫着却又发不出一点声音，从空荡荡的天空中掠过。我总穿黑衣服，一件又一件的黑衣服。

我很清楚，只要一看到利萨妈妈，我就会一跃而起，扼死她。幸好我没法动弹。我低下头，看着自己的脚。这双脚会在任何不平坦的地面、楼梯、山丘前迟疑。这双脚不会不假思索地、敏捷地跃过水坑，或是步履矫健地踏上路边的台阶。

大约一个小时过去了。我觉得利萨妈妈已经睡着了。我向床上瞥了一眼，她看上去如此瘦小，我觉得很震惊。她似乎是更枯槁了些。我扫视着她的脸。她脸上的表情十分警惕和戒备，但并不是因为我。她似乎已经忘记我了。

她一副吃惊的样子，自顾自地说道，我终于见到她了。

我问道，谁？你终于见到谁了？

她做了一个轻微的、打发人的手势，提醒我不要打断她。

她说，我见到了那个走进"启蒙"棚屋的孩子。你知道，我曾留她一人在那儿，她躺在地上，血流不止，而我自己走了出来。她那时号啕大哭，觉得所有人都背叛了她。他们还狠狠地打了她母亲一顿，她觉得这都怪她自己。说到这里，利萨妈妈叹了口气。我不能再想着她了。我会痛不欲生的。于是我离开了，一瘸一拐地离开了，只留她一个人在那儿。利萨妈妈顿住了。当她继续说话时，声音低得像耳语，充满了诧异的语气。她仍然在哭呢。从我离开起她就一直在哭。难怪我一直不能哭出来。一直以来，她把我们的眼泪都哭干了。

利萨妈妈

我一直都很坚强。我就是这么告诉前来探访我的游客的，也是这么告诉那些年轻妈妈、年老妈妈，以及来这里的每一个人的。他们也一字不差地这样告诉我——我指总统、政治家们，以及来自教会和学校的访客们——他们说我又坚强又勇敢。不论哪里需要我把老骨头，我都会拖着它们去往那里。我致力于弘扬传统，弘扬我们的民族特质。我服务于我的祖国，服务于我们的国民精神。可是，我们又是些什么人呢？不过是一群折磨孩子的人，不是吗？

第十七部分

Part Seventeen

塔 希

亚当、奥莉维亚、本尼、皮埃尔、雷伊和沐芭蒂一窝蜂地涌入了监狱顶层的白色小礼拜堂。雷伊是因为我即将受刑才跟进来的,不过她不肯承认这一点。她很直率地说,处死你这件事才没什么意思呢,我更在意的还是你能够好好活着。她将手放在胯上,大大咧咧地说道,此外,你还没死呢!我想,确实,我还没死呢。但我也没法说自己活得生龙活虎的。

沐芭蒂说,想一想监狱其他部分毁坏得那么厉害,而这处礼拜堂还能保存得这么完好,真够奇怪的。

亚当用手指抚摸着一本落满尘土、从未翻开过的《圣经》,《圣经》的金边书页已经被飞蛾噬咬得残缺不全。他说,那是因为从未有人使用过这里。

夜晚到来时,这里还挺凉爽的。窗户很大,连百叶窗都没有,没有任何屏障会挡住习习微风。这里没有铁栅栏,想必是因为这里太高了,没有人敢跳下去。

自从庭审开始以来,奥莉维亚总是在上午参加楼下艾滋病囚室的志愿者工作。亚当、本尼和皮埃尔租借了一辆吉普,四处探访乡野风光。本尼说，我们把全部见闻都拍摄下来了。现在我们想让你看看录像。

亚当打开了投影仪。一开始放映的是些幻灯片。画面上是北部的疆土和那里的岩石画。还有一些褪了色的图画，描绘的是庆祝和狩猎的场面。不过接下来放映的就是一段录像。我知道他们想让我有些心理准备，因为奥莉维亚突然递给我一杯水，而亚当则握住了我的手。

皮埃尔说过，他想成为给予研究对象力量，而非加深研究对象苦难的人类学家第一人。而他现在就静静地站在投影仪旁边。

一开始，我以为他们展示给我看的是一片人类定居地，一个村落。房舍的形状都是一样的，都是屋顶呈伞状的小屋，像蘑菇一般。不过接下来有一个拉近的"小屋"特写镜头，一个男人依次抬起双脚和双腿，从它们上方掠过。我认出了亚当的登山靴。再然后，当画面铺开时，我看到，这片居住地十分广阔，但"小屋"却很小巧，只有三到六英寸高。

亚当捏了捏我的手，说道，哈！骗过你了吧？

我转向奥莉维亚和沐芭蒂，说，我一开始还以为那是个村庄呢。你们呢？

沐芭蒂微笑起来。奥莉维亚说，是的，我之前也是这么想的。只是我看到了一处低矮起伏的小屋，左倾得十分厉害，让我觉得很奇怪。

我刚想开口说，话说回来，这是……却感到心脏剧烈地跳了一下，就好像它忽然之间要跳出我的胸膛似的，这令我有些窒息。

亚当说，没事，你不是孤身一人。我们都在这里陪着你。

你不是孤身一人。你不是，你不是。我听到雷伊这样说。她充满自信的声音似乎从另一个时代传来，传到了我的耳中。我想，没有被阉割过的女人声音是不一样的。她们能发出自信的声音，而被阉割过的女人不能。

这个念头是在瞬间一闪而过的。我的意识拼命地想要回避面前屏幕上一根高高的、粗糙的、泥土色的柱子。本尼在一旁俯下身子，冲着镜头羞涩地微笑。我想，他是和我血肉相连的孩子！

皮埃尔清了清嗓子。他先是关掉了投影仪在我们面前投射的影像，然后说，我相信，因为非洲既气温高，又湿度大，所以非洲的人类（人们认为，他们是这个星球上最早出现的人类）在四处寻觅舒适、持久、易建的房屋样板时，仿效了白蚁的做法。这就是为什么即便到了今天，许多传统的非洲房屋和不论何地的所有土坯房屋，都和白蚁的巢穴十分相像。正是白蚁用它们长长的拱形走廊和大大的穹顶储藏室，教会了早期的人类如何利用自然环境调节气温。不论外部气温是高是低，白蚁的巢穴就像清真寺一样，总是很凉爽。它们由泥土、黏土，以及周边环境中最低廉、最充裕的材料建成。

我能听到皮埃尔的声音，甚至能理解他所说的话。这让我很吃惊。千真万确，我的心脏曾一度痛苦地跳动着，不过现在，它已经跳动如常。我扫视房间一周，看到了聚在我身边的人们的面庞。他们每个人都和我一样全神贯注。

我看着皮埃尔，想道，没错，我们培养的孩子来帮助我们，这真是桩好事。我们是这么地需要帮助。一时间我对自己从未涉足的那些学校——伯克利和哈佛——十分感激。我想，如果我能活下来，我要视它们如神庙，前去朝拜。

他继续说道，我相信，随着时间的流逝，人类会发现自己与白蚁之间存在着许多共同点。非洲人称之为"白色的蚂蚁"，尽管它和蚂蚁并无多少相似之处。白蚁与蚂蚁，以及其他大多数昆虫不同，它们在蚁群中为雄蚁保留了一个位置。它们有蚁后，但也有蚁王。也许这也是为什么人类对它产生了亲近感。你知道，在乡下，白色蚂蚁是供人们食用的，饕客们喜欢油炸白蚁。

奥莉维亚说，在城市里也是这样，只要饕客们弄得到食材。她目光犀利地扫了沐芭蒂一眼，说，看看年轻人是怎样大嚼特嚼土豆条的，真令人反胃！亚当大笑起来。沐芭蒂把她的袋装炸薯条用力按进她的网兜。

皮埃尔继续说道，非洲人的宗教象征学也开始完全仿效白蚁的行为。他们从白蚁那里学到了那么多，因而对白蚁十分感激。

雷伊说，当然，白蚁十分美味。

皮埃尔接着上面的话头说道，白蚁可能是教会了他们制罐的技艺，这就难以避免地导致了一种观念的出现：最早的人类自己也是由陶土制造出来的。是某物或某人这样塑造了他们。

皮埃尔用纤细的褐色手指捋着饱受日光照射的深色卷发，说道，不过，我们还是不要就这个话题一直絮叨下去了吧……约翰逊太太，这就是囚禁你的暗塔。你是失去双翼的蚁后。你躺在一片黑暗中，身边环绕着千百万只工蚁——顺便提一句，它们一直忙忙碌碌，照看蘑菇农场，用产出的植株来喂养你——工蚁们嗡嗡作响，四处忙碌。你身体的一端被塞满了食物——全是些食之无味的蘑菇——而成千上万的蚁卵持续不断地从你身体的另一端被搬运出来。你肥胖、油腻、慵懒，全身如你所言，呈咀嚼过的烟草色。你不过是一代代全无视力的子子孙孙通行的管道。它们从白天到夜晚，忙碌不停。这种从不消停、简单机械的活动也许弥补了它们目不见物的缺陷。你忍受了这一切，最终却会死去，成为你所诞下的那些虫蚁们的腹中口粮。

奥莉维亚说，啊，像基督一样的白蚁！我问我那一脸专注的小小亲友团，可我那时又怎么知道这些？没人告诉我这些。

雷伊说，我们觉得这些事是假托习俗成规来告诉你的。并没有人直接告诉你，作为一个女人，人们期待你像白蚁那样，无助又麻木地反复生育。然而，在每一个单身女性被强制性、系统化阉割的文化环境中，应该会有一些被符码化或被神化的原因对此做出解释。村子里的长者们总是悄悄采用这套解释。否则他们很快就不明白他们之前说的是什么了。即便在今天，仍然存在着一些村子，村里未受割礼的女人是不被允许活下来的。村长们会强制推行这一律令。而另一方面，割礼又是从未被公开讨论过的文化禁忌。那么村长们是怎么知道要去推行它的？人们以何种方式谈论它呢？

我的脑海里一片空白。可以肯定的是，除了类似"利萨妈妈对我所行之事展现了我对我族人民的自豪感"，"不做这件事没有哪个男人会娶我"之类的言论外，从未有人告诉过我任何事。

雷伊说，也许你们小时候听过一首童谣。听上去天真无邪的："彼得，彼得，吃南瓜／娶了个媳妇看不住她／把她关进南瓜壳里／这样他才关住了她。"

本尼一脸困惑地问，讲的是什么？

皮埃尔伸出胳膊，把它们弯成一个南瓜形，说，讲的是让一个女人一直怀孕，这样她就被自己的身体困住了。

本尼被吓住了，说，哦！

从格瑞欧的著作中，我们得知，在多贡人中，正是长老们守卫着人类起源的知识。创世本身是借助生殖器切除和强奸拉开序幕的……我在想，你是否还记得我们那堂小小的课程，学习的是格瑞欧的著作，约翰逊太太。说这些话时，皮埃尔一直注视着我。

我记得很清楚，令我自己都很吃惊。我说，上帝欲与那名女子交合，而女子却反抗他。她的阴蒂是一座白蚁山，它直立起来，挡住了他的来路。

皮埃尔说，很好。

雷伊说，哦，我的上帝啊！我知道这听起来很荒谬，不过直立的阴蒂确实有几分像一座小小的白蚁山，或白蚁屋。

皮埃尔指着屏幕上一座巨大的白蚁巢穴，本尼正站在它旁边。他说，像那样的一座巢穴很像阴茎，挺明显的。

我继续说道，当阴蒂直立起来时，上帝觉得它看上去太男性化。既然阴蒂挺立时太"男性化"，上帝将它割去也是情有可原的。于是他就这么做了。我又说，随后，上帝在留下的那个洞里泄欲。我对皮埃尔说，我当然记得，格瑞欧说的是，上帝与其交合。是我说上帝泄欲的。

奥莉维亚用双手捧住头，叹息道，那些切除小女孩生殖器的人原来是这样看待生命的起源的。

雷伊苦涩地说道，上帝的说法是一套体系驳杂、设计精妙的借口，专为男人对女人、对大地所做的一切开脱。

我想起了那尊喜气洋洋地爱抚着自己的小小人像，说道，不过也有其他宗教。

皮埃尔耸耸肩说，它们都被摧毁了。你那尊笑眯眯的小小女神已经被摧毁了。

我转向了沐芭蒂。她可爱的面庞上满是恐惧的神情。她说，我能肯定，无人知晓这个故事。说到这里，她显而易见是生气了，也就是说，无人知晓他们为什么做出这种事。我肯定是一点也不明白为什么要这样对我的。如果我的性器官是不洁的，为什么它们是与生俱来的？在我接受割礼之前，我曾问过我母亲这个问题。她只是说，女人的阴部是肮脏的，是需要割去的，这是人人皆知的。这是对这件事的唯一解释。无人提过白蚁，或"白色的蚂蚁"。无人探讨过生殖器与昆虫巢穴在结构上的相似性。至于阴蒂像阴茎一样，是可以竖起来的，谁听到这种想法不会哈哈大笑呢？

奥莉维亚问我饿不饿，要不要再喝些水。我有些魂不守舍。亲眼见到沐芭蒂怒火中烧的样子后，我似乎被割裂成了两个人。只有一个"我"坐在我的家人和朋友中间。另一个"我"则注视着幼年时的自己拿着一托盘的食物和水送给村子里的长老们。他们坐在一棵猴面包树旁，用充满智慧的眼神凝视着整个平原。暑气逼人，但我并不觉得难受。大地是红红的一片，苍蝇四处飞舞。因为我还年幼，他们并没有完全停止交谈。

第一位：男人是什么样的？

所有人：嗯！

第二位：男人是眼盲的。

所有人：嗯！

第三位：他有一只眼睛。

所有人：嗯！

第四位：不过那只眼睛什么都看不见。

第一位：男人是上帝的公鸡。

第二位：它刨出了一条沟壑。

第三位：它种下了种子。

第四位：可是，它的后代……

所有人：收成！

第一位：排泄物！

第二位：它无法辨认。

第三位：上帝的盲眼公鸡产下了上帝的来路不明的鸡蛋。

第四位：那鸡蛋不是来路不明吗？

第一位：确实如此。

第二位："桑戈"的针线帮公鸡辨认出自己的收成……

所有人：毕竟那是属于上帝的。

第三位：这就是为什么人们说……

第四位：……尽管"桑戈"自己是个女人……

第一位：……她却能帮助上帝。

所有人：难道不是这样吗？

所有人：正是这样。

所有人：女人是王后。

第一位：她是蚁后。

第二位：上帝将她赐予了我们。

第三位：我们感恩上帝，谢谢他的一切赐予。

（不过，他们并没有感谢那个送食物的孩子，也没有捎个话，感谢她那位准备食物的母亲。）

第四位：既然上帝将她赐予了我们，我们必须好好对待她。

第一位：我们必须好好喂养她，让她一直白白胖胖的。

第二位：就连她的排泄物也会白白胖胖的。

（他们大笑起来。）

第三位：如果放任不管，蚁后会飞走的。

第二位：千真万确。

第三位：这样一来，我们又该怎么办呢？

第四位：不过上帝是慈悲的。

第一位：他剪掉了她的双翼。

第二位：她失去了行动能力。

第三位：就连她的排泄物也是香甜的。

（大笑）

第四位：因为她是蚁后！

第一位：而我们只不过是工蚁！

第二位：我们目不见物，确实如此，但那是上帝的旨意。

第三位：在创世之初，不是他让我们如此的吗？

第四位：是他无疑。

第一位：在创世之初，不是他创造出了蚁后的身体，让我们延续后代吗？

第二位：也为我们提供口粮？

第三位：毋庸置疑。

第四位：当她挺立起来时……

所有人：哈！

第三位：确实挺立起来了。

第四位：像个男人一样。

第一位：她那时并没有看见上帝的斧子。

第二位：没有。那时她和我们一样，目不见物。她并没有看见它。

第三位：上帝动手将她变成了蚁后！

第四位：她变得足够完美，可以供他泄欲。

第一位：上帝喜欢激烈一些！

（大笑）

第二位：上帝喜欢紧一些！

第三位：上帝喜欢记住他所行之事，以及那里变得松垮之前的感觉。

第四位：上帝是睿智的。这就是为什么他创造了"桑戈"。

所有人：她持着尖尖的石头和成袋的荆条。

第一位：她持着针和线。

第二位：因为他喜欢紧一些！

第三位：上帝喜欢感觉到大一些。

第四位：哪个男人不是这样呢？

（大笑）

第一位：让我们享用这些食物，为蚁后祝酒。她很美丽，她的身体已经被赐予了我们，并将永远成为我们的口粮。

（大笑，吧唧吧唧吃东西的声音。）

我那时还是个小孩子，压根没人注意我。他们不过视我为虫蚁罢了。而我也没有特别留意他们。他们总是坐在猴面包树下，胡须花白，老态龙钟，穿着厚厚的深色长袍，逆着阳光。他们充满智慧、盛满阅历的脑袋被包裹了起来，他们的双眼中映照着周围风景永恒的虚无。

而现在，我置身于监狱的小礼拜堂中，死期将至，反而能够笃定地凝望着他们。我能看出，他们是生命已逝的空壳。正是他们一味耽于口腹之欲，却除了些压迫人的污言秽语，其他什么也说不出来。那个孩子经人教导要尊敬长老，对他们毕恭毕敬，她那时是无法认识到这些的。那些老头们讨论的正是她，也是村子里的所有女人。他们并不在意交谈被她听了去。他们知道她猜不出他们谈的是什么。在她蒙昧无知、也无从得知真相的时候，他们谈论她，决定她的人生。然而，那座白蚁山却留在了她的无意识中。她自己深陷其中，成了暗塔中那只身躯笨重、双翼折损又无力行动的蚁后。我坐在小礼拜堂里的座位上，仍然握着亚当的手，目光却掠过身边的一切，向下扫视着那个孩子的双脚。当她离开那些端坐在尘土里、心满意足打着嗝的老头时，她无聊地踢了一块石头。她瞄准石块的动作十分优雅，发力时也毫不迟疑。

第十八部分

Part Eighteen

伊夫琳-塔希

我问利萨妈妈,说起来,你那时是怎么想的呢?"那时"指的是我来到母布雷营地,要求"受洗"的时候。

她毫不迟疑地说,那时我觉得你是个傻瓜,最大的大傻瓜。

我问,为什么这么觉得?

因为,首先,营地里并没有其他女人。你的脑子完全不开窍吗?从没人教过你,没有女人意味着什么吗?还是你那时沉浸在自己的世界里,没有注意到这一点?

我说,那时你在那里。是你告诉我,其他女人都外出参加解放运动的军事突袭了。

她嘲讽道,哼!我撒谎了。那处营地才需要解放呢。当有女人来到营地时,那些人指着她们做饭打扫——供人泄欲——和她们在家里的处境毫无差别。当她们认清真相后,就都离开了。就连我也本打算离开的。利萨妈妈边说边低头看了看她的跛腿。

她突然大笑起来。

你知道吗?他们召我前去,和他们召你前去的做法如出一辙。也有人为我送来一头驴子,让我骑在上面。他们那时正在建造一个传统的奥林卡村庄,以那里为据点,到处征战。因此需要一位"桑戈"。

他们召我前去?

为了给"桑戈"找点事情做。也为了在新成立的社区做点有象征意义的事情,彰显它的使命。

我目瞪口呆地说,于是我就成了这个象征人物。

利萨妈妈"嘘"了一声,说,于是你就成了这个象征人物。你躺在你的草垫上,编织着其他的小草垫,做着和你曾曾祖母一模一样的工作!

我既困惑又很受伤,说,可是,是你怂恿我这么做的。

她对着天花板问道,傻瓜需要怂恿吗?他们自个儿会怂恿自个儿。

可我们的领袖是这么教导我们的……我飞快地转着念头,想要为自己辩护。可是利萨妈妈脑筋比我转得更快。

我们的领袖没有保留他的生殖器吗?有证据证实,他割去了哪怕一只睾丸吗?那个男人娶了三房品貌殊异的妻子,诞下了十一个孩子。我觉得这意味着那个家伙的私处是完好无缺的。

我说,利萨妈妈,听到对我们领袖如此不敬的观点,我真是惶恐。你在那些前来求教传统的人面前摆出一副笑脸。而在那张面孔背后,你其实是内心苦涩、愤世嫉俗的。

她说,即便是把最甘甜的芒果放进我嘴里,我也觉得苦涩。她又讥讽道,不过女人啊,女人太懦弱了,不敢去看看笑脸背后藏着什么。男人微笑着告诉她们，她们哭得梨花带雨时很美丽，她们就忙不迭地寻来了刀子。

我说，她们害怕是有道理的。尤其是你，不能否认这一点。

她生气地说道，她们最大的恐惧是她们将不得不杀死自己的儿子。即使男人第一次强行进入她们的身体时，她们几乎快要活活痛死，还是希望别人告诉她们这是处小伤口，所有女人都要承受这样的伤痛。她们的女儿几乎不会注意到这伤口。假以时日，她们会完全忘记这件事。如果我对她们说出这番话，她们才有可能不至于彻彻底底地嫌弃自己的儿子。

只因他们会对别人施暴。

是的。他们会强行进入别人女儿的身体。正如别的女人的儿子会强行进入她们女儿的身体一样。

我说，但这些儿子们并不知道女人们的遭遇。他们只知道他们应该表现得像个男人，强行进入女人身体即阳刚之气的证明。在尝试的过程中，他们经常会伤到自己。我是从亚当那里知道这些的。他父亲曾为他们治疗瘀伤和撕裂伤。

利萨妈妈冷冷地看着我。

在她的注视下，我扭捏起来。

我说，亚当和我在一起时也很困难。你把我的伤口缝合得太紧，就连一只蚂蚁都很难爬进去。

利萨妈妈说，哦，你的缝合处并没有那么紧！时至今日，我身边仍然有许多女人，她们花钱请"桑戈"把她们的私处缝得比你那里还紧!每生下一个孩子,她们就重新缝一回。她们已经缝合了不止一次,两次,三次了。每一次都比之前还要紧。

我说,可那样多疼啊。

她说,那些贱人们已经习惯了。你知道,男人喜欢紧一些,激烈一些,这是千真万确的。你也不要觉得女人从未从中获得过愉悦。

我说,我从未感到愉悦。

她说,那是你自己的问题。女人获得的愉悦来自她自己的大脑。大脑将愉悦感传送到爱人能够触及的任何部位。

我问道,那么,为什么要摧毁的是女人的阴部呢?我接着问道,正如他们所说的,要"受洗""清除"。为什么不是她的肩膀或脖颈?不是她的乳房?

当利萨妈妈思索这个问题时,我回想起被我刻意忽略的一种感受。

我说,在"受洗"之后,我也曾有一两次感到愉悦。

她说,是吗?

但这愉悦感让我觉得很羞耻。

利萨妈妈说,啊,你男人是从后面和你结合的。这有什么好羞愧的呢?当男孩们等待着女孩们筹备嫁妆时,他们彼此之间就是这么做的。筹备嫁妆要花那么长时间,你能指望他们怎么办?

我说,我的愉悦感让我很愤怒,让我憎恶我的丈夫。

可它到底是愉快的,不是吗?我感到我被人变得不再是我自己了。

利萨妈妈说，你被人变成了女人。只有当女人被人变成女人时，男人才能成为男人。你当然是知道这一点的！

我丈夫已经是一个男人了。

利萨妈妈说，这倒是实话，不过也许他并不知道这一点。

第十九部分

Part Nineteen

奥莉维亚

在监狱里，由于行刑的日期已经确定——上诉失败了，美国方面也没有任何消息——狱方对待塔希并不像是对待一个已经定罪的杀人犯，而更像是对待一位受人尊敬的宾客。在监狱里她得到了许可，可以自由行动。她每天都过得很忙碌。女性团体和国外媒体都来拜访她。世界各地的摄影师都来给她拍照。

经历了这一切之后，她变得容光焕发起来。她的神态灵敏丰富，脸上交替出现着慈爱、沉思、愤怒、厌恶等神情。每天早晨，她和我一起，在艾滋病囚室里工作，给病人们喂食、洗浴，或仅仅只是抚摸他们。牢房里十分拥挤，垫子与垫子之间几乎连蹲下的地方都没有。亚当和小伙子们承担起了给孩子们喂食的责任，从我们租住房子的厨房里端来热气腾腾的饭食。这为他们的父母和兄姊，以及那些尚在人世的亲人们减轻了不少负担。他们十分肃穆地用眼神向我们表示感谢。

没有人知道他们是如何染上病的。我们眼睁睁地看着他们不解着、沉默着、忍耐着，等待着死亡的来临。这是最让我们觉得难捱的事。最令塔希生气的是，他们像动物一样一无所知、逆来顺受。

也许是因为这让她想到了她自己。她轻蔑地称之为非洲人的既定角色：受苦，死去，对原因却一概不知。

她想要知道，为什么在美国，主要是男同性恋者和静脉注射毒品的瘾君子患病，而在这里，却有人数相当的女人和男人在垂死挣扎着？谁把病传染给了孩子们？为什么将死的小女孩比小男孩多？

在富裕的奥林卡人中，人们普遍否认社会层面存在着任何问题。他们将垂死的亲眷供养在家里。我们看到的主要是穷人。常常可见某位憔悴不堪的母亲，背着她瘦削的、体重仅五十磅的丈夫，摇摇晃晃地走进来。她身后拖着她的孩子们。如果地板上有空出来的地方——也就是说，如果某人在晚上死去——她和她的家人就会得到那个位子。如果无人死去，她就必须将就一下，在走廊或楼梯的平台上找个位子。当人们来到这里寻求帮助时，他们往往已经耽搁太长时间了，因此很快就死去了。患者们一贫如洗，长途跋涉寻求药物和治疗。他们的逝去对于直面他们惨状的人来说，成了一种解脱。

直到这时，他们才知道这个病是不治之症，也没有什么药物可用。能得到的只有一点食物，食物的供给也很有限，不过是一日两餐的稀粥。

在罹患这种病的学生中间流行着一种看法，认为这是外国人，或是本国政府针对他们策划的种种阴谋导致的。眼睁睁地看着他们死去，真是桩痛苦的事：他们是国家未来的医生、牙医、木匠和工程师，他们是国家的为人父母者，他们是国家的师者、舞者、歌者、叛乱者、喧哗者和诗人。

亚当绝大多数时间都在与学生、知识分子们交谈。他告诉他们，他听说，邻国的一些人起初是因为科学家给他们注射了一种被污染过的小儿麻痹症疫苗而染病。这种疫苗是用青猴肾脏中提取出的细菌培养物制成的。尽管疫苗可能会对小儿麻痹症产生预防效果，却没有经过净化，因此携带了会招致免疫缺陷的病毒，引发了艾滋病。

有一位来日无多的学生不同意这种说法。他说，我听到的可不是这回事。我听说，非洲人不是从青猴的肾脏，而是从青猴的牙齿那里感染了艾滋病。对这个现代版的"狗咬人"故事，有人报以无助又嘲弄的嗤笑声。知识分子们得出结论说，这一定是一个实验，就像发生在亚拉巴马州的，在黑人身上所做的实验一样。这些黑人被注射了导致梅毒的病毒，随后他们病重不治，在这个过程中成为研究的对象。这种实验是不会冒着风险，以欧洲人或美国白人为实验对象的。他们至死仍然相信，非洲人就是为实验而生的。非洲人的生命是可以随意消耗的。这种想法几乎让我不堪忍受了。

塔希确信，那些将死的小姑娘们以及女人们是因"桑戈"使用了未经清洁、未被消毒的尖石、锡顶、玻璃片、生锈的剃刀和劣质小刀，才感染患病的。"桑戈"可能会一连为二十个孩子行割礼，却完全不清洁一下她的工具。还有一个事实是，几乎每一次性交都会发生撕裂和出血，尤其是在一个女人年少时。人工留下的开口从来不会自己扩大，总是必须强行撑大。因为这个原因，伤口感染和伤口溃烂都很常见。

一天，一位相貌甜美、眼神悲戚的年轻女子去世后，亚当悲哀地说，肛交同样会让女子丧命。她的丈夫悲痛欲绝。他同样罹患了这种病。他向亚当解释说，虽然他们已经结婚三年了，却没有孩子。因为他不能像正常情况下男人与妻子那样和她同房。她之前哭得太厉害，还流了血。他说，他爱她，不过不是以一个男人的方式。他说，他害怕让她痛苦，这让他们无法生下孩子。他不明白，他爱抚她的方式让她失去了性命，也让他失去了她。他哭泣着说，虽然她只是他四位妻子中的一位（先知允许他纳这么多房妻子），可他仍然觉得她是他唯一的妻子。因为只有她能够逗得他哈哈大笑。他觉得，就连她的名字——哈皮——听上去也有些像美国话里的"有趣"一词。

奥莉维亚

我问塔希，可是，你为什么要认罪呢？我知道事情不是你做的。你不可能做出这种事。

她露出牙齿，哈哈大笑着说，奥莉维亚，要我再熬几年可太难为我啦。这一生我已无须再经历什么。我所经历的事已经够多啦。她严肃起来，说，此外，也许死去比活着更容易呢，就像怀孕比分娩更容易一样。

塔　希

奥莉维亚搂住我的脖子，说道，不要，塔希。别这样对你自己。别这样对你的儿子。别这样对亚当。别这样对我。

我说，奥莉维亚，听听你自己内心的声音。你应该记得，你以前曾经对我说过这些话。

她看上去很茫然。

我提醒她说，在我去母布雷营地的路上。那时我骑在驴背上，半裸着身子。

她大叫起来，没错。看看发生了什么。你那时没有听我的话，你的一生都在为此付出代价。

我说，我打算继续付出代价。

她问道，这又是为什么呢？请原谅我这么说，不过这么做似乎挺傻的。

因为当我不顺从你这个异族人时，即便我的所作所为是错的，我也是在按我仅存的自我意识行事。那一点点自我意识是我现在剩下的一切了。

她说，他们会杀了你的。可你是清白的！

我说，咳，这么说对也不对。

她蹙着眉说道，我不明白你的意思。

我说，奥莉维亚，我确实没杀利萨妈妈，这一点上你是对的。我十分感激你对我的信任。利萨妈妈确实死于自己的狂热。即便到了生命的最后时刻，她还是十分狂热。随着年纪渐长，她的力量似乎有增无减。这种力量是邪恶的，几乎不再流露出任何善意。没有杀死她是我的罪过——这么说是鉴于她所导致的苦难。顺便提一下，我不想让别人知道这些。

不想让别人知道什么？知道你没杀她？可这又是为什么？

因为女人是懦弱的，我们不需要别人提醒我们这一点。

利萨妈妈

你姐姐的死——她叫什么名字来着？——是你那愚蠢的母亲纳法的错。那时村长让我们恢复割礼一事还没有定论。毕竟，他面对白人传教士的时候总是赔着笑脸，告诉他们他是个现代人，不是野蛮人。他们可能把他当成野蛮人了，因为他们称"洗礼"十分野蛮。他们说，他是村长，他可以停止这一切。难道他不是村长？这么一来，他当然禁止了割礼，以向他们证明他是村长。他的这一决定与我们全无干系。有人听到过，当接受考验的时候到来时，他自己的妻子们一直在尖叫。他在意过吗？没有。每个男人的妻子都会在合适的时机尖叫。

我说，她名叫杜拉。她身材娇小纤细。她的嘴唇正上方有一道月牙形的伤疤。当她微笑的时候，伤疤似乎滑到了她的面颊上。

利萨妈妈说，我可以撒谎，告诉你我记得她。我从事这个工作已经这么多年了，记不清那么多张面孔。如果她是双性人，我可能还记得。

我说，不是这样，我肯定她是正常人。

利萨妈妈说，从某种程度上说，所有人都是正常人。你那时没有提出任何异议，现在又凭什么身份评判我呢？

我说，我是个无名之辈。这你是早就知道的。

她说，别再自怜自伤了。你就跟你妈妈一样。她那时是这么说的，如果杜拉不受洗的话，没人会愿意娶她的。她似乎从未注意到也没人娶我，可我活得好好的。事情发生时，连那些白人传教士都还没有走呢。她说，受洗又没有要了我的命，我丈夫对我总是很耐心。她轻蔑地哼了一声，又道，咳，你父亲流连于六房妻子之间，他当然能够耐得住。

当她听说新来的传教士是黑人时，她觉得村子肯定会回归昔日所有的生活方式，未受割礼的女孩们会受到惩罚。她想象不出一个黑人会不是奥林卡人，她以为所有奥林卡人都要求他们的女儿"受洗"。我让她再等等。可她不肯。她是那种男人还没有说个"不"字，她就会跳起来迎合的人。

我说，别说了。我现在知道了，她经常说谎。即便是她在说谎，我也无法强忍着听下去了。

可是她说，不，我不要停下来。你是个疯子，可是你还不够疯狂。你以为你母亲会如实告诉你杜拉是怎么死的吗？她没有说实话，不是吗？杜拉是那种百人中才见一二的女孩子，身体构造独特，一道轻轻的擦伤就会让她如被困的母牛一般血流不止。你姐姐在玩耍时受了擦伤，你妈妈曾努力为她止血，因此她自己是留意到这一点的。当我为你"施洗"时，我也曾想到这件事。

我说，即便是这样，你也什么都没说。即便你当时可能像杀死杜拉那样杀死我。

利萨妈妈说，你大老远而来，又那么愚蠢。此外，那时我并不在意你的死活。

第二十部分

Part Twenty

亚 当

神父，听我忏悔。

我告诉那个年轻人，我不是一名牧师，结果却是徒劳。自从我们第一次去监狱探视塔希以来，他就一直与其他人一起，等待着死亡的到来。他的脸上布满了紫色的伤痕，头上光秃秃的，身形瘦小，骨瘦如柴。当我蹲下身来，对他说话时，他从一开始就表现得与众不同，坚持说自己是一名医学生。他虚弱地、高傲地挥了一下手，说，我在大学里待了许多年。因为这一原因，也因为他日益虚弱，他大大的褐色眼睛布满了瘀伤，盛满了恐惧的神色。他习惯于支起上半身来，双肘在头上交叠。他会保持这个奇怪的姿势，一连好几个小时地呜咽啜泣着。直到他筋疲力尽地躺倒，或是被某个路过的人推倒。

我一直很抗拒与病人们太过亲密，就好像我的心因为我自己的磨难已经不堪重负。我已经见证了这么多的人间惨状，心灵已经变得麻木。

然而，他面带和我一样凝重的神色说，我名叫哈特福德。虽说这样，但因为他的名字唤起了一些意料之外的联想（一只赤鹿，康涅狄格州的一座美国城市以及一家保险公司），我微笑起来。他像个孩子一般，对这一回应很高兴，他似乎很享受这一交流似的，就像小孩子享受糖果一般。他带着惊讶的神情抽回攥住我衣袖的、枯瘦如爪的手，将手放在了自己干裂的、笑意全无的嘴唇上。

他每说一句话，每做一件事，行动都很迟缓。又过了好几分钟，他才再次开口说话。

他低声说道，在过去，世界上的人与其他生物之间的关系更为和谐融洽。我听别人说是这样，可是事实究竟如何，我怎么能知道？在不那么久远的过去，我们的人民被追捕、被杀戮，被从我们的土地上、家园里偷走，为遥远的大海另一边的人群工作。我们曾被人捕猎，就像我们捕猎猴子和黑猩猩一般。

说到这里，哈特福德呻吟着，闭上了他的双眼。豆大的汗珠从他的皮肤上爆了出来。仿佛突然之间，他的身体变成了一座喷泉。我用随身携带的破毛巾擦拭着他的皮肤。当他不再出汗时，我把手放在了他肿起的膝盖上。他的膝盖在他腿部的皮肤下凸了出来，像一颗黑色的椰子一般。

他说，神父，我不是医学生。我撒了个谎，想要挽回点面子。

我轻轻拍了拍他的膝盖。不知怎的，我对他如此强烈的悔意有些吃惊。要他吐出这些令人羞耻的话该有多困难。另外，老实说，我对他所说的话并不在意。

他叹了口气，说道，成为一名医学生，做个医生，不过是我的一个梦想。当制药公司给我们这些当地的小伙子在他们的工厂里提供"职位"时,我还以为我就要梦想成真了。

我们对这些人一无所知。他们很奇怪,总是穿着白衣服,看上去很像我们在电影和电视上见到的医生。我们知道,当他们抬眼看过来时,是看不见我们的。我们觉得对他们而言,我们并不存在,正如他们对我们而言也不存在。我们也能感受到,在他们看来,我们有多么奇怪。我们总是狩猎猴子和猩猩,他们也提醒我们这么做。他们索要的老是这几样:手头当下有钱,当然,还有碗里经常有肉。既为了吃喝,又为了赚钱。

于是一切就这么开始了。

一开始,我与其他男孩子们在雨林中狩猎。我们喜欢我们的猎枪。我们设下陷阱,将捕到的猴子和猩猩拖回工厂,数目比我之前预想的还要多。慢慢地,我变得能够辨认黑猩猩和猴子的行为。有时我还能模仿它们。猴子有各种各样的肢体语言。母亲总是把宝宝置于自己身后;小家伙则会伸出手臂,环绕在母亲的胸脯上;父亲总是战斗的那一个,还会一边逃跑,一边发出尖锐的报警声。如果我们捕获了它的配偶和孩子,它经常会无视自己的安危。紧紧跟随,这时要击中它很容易。我们经常大笑着就这么干了。

制药公司告诉我们,不管怎样,雄性猩猩是无用的。不过我们自己很快就明白了。只有雌猩猩和幼崽是有用的。很快,工厂终于万事俱备,不再需要更多的猴子或黑猩猩了。我和当地的男孩们把它填得满满当当的。在仅有的几只雄猩猩的帮助下,雌猩猩被迫交配繁衍。这一切都是在空间逼仄、几乎容不下交配行为的笼子里完成的。

哈特福德吞咽了口口水。我举起一杯带甜味的水,送到了他的唇边。突然,他翻了翻眼睛,头垂向了身体的一侧。当我牵起他的手臂时,他的脉搏和胚胎的心跳一样微弱。

他终于睁开了眼睛。

他缓缓地、语调平平地说,饲养它们是为了获取它们的肾脏。因为已经不再需要狩猎它们了,我就被指定,承担砍下它们头颅的工作。

他停了下来,他的眼神狂暴,情绪激烈,双目圆睁,仿佛要把我一口吞下。

他仔细审视着我的脸,仿佛觉察到了我脸上的细微变化。然后沉思着说道,猴子的尖叫声和孔雀的尖叫声真的很不一样。你要知道,孔雀的叫声是很像人类的。可是不知怎的,因为黑猩猩和猴子面部特征的原因,它们的尖叫声甚至更像人类。它们的所思所想、所畏所惧、所伤所感都一目了然,仿佛你毕生都与它们熟识,仿佛它们之前和你睡在同一张床铺上一样。

我仍然保持着一定的疏离感,对他温柔地说道,别自寻烦恼。即便是他话里流露出的恐惧感也不能将我从一直置身的麻木状态中唤醒。我想,他毕竟从出生以来就一直接受教化,相信文明是人类的唯一未来。他又怎能预料到文明之恶呢?

他说,那家工厂很宽敞,很宽敞。因为他们一直在生产疫苗,销往全世界。我读到了他们收到的一些英文资料,这才发现了真相。资料大部分都是用其他语言写成的，也许是德文，或是荷兰文。另一方面，那里经常有美国人出入，还有澳大利亚人和新西兰人。他们都是些热情友好的家伙，总是精力充沛的，就好像他们正在寻觅治愈全人类的良药似的。

这时，哈特福德瘦弱的身躯在一阵咳嗽中战栗起来。他喷出一口鲜血和浓痰，染红了我举到他嘴边的破毛巾。

当咳嗽平息下来后，他仰面休息，说道，在为他们工作的第一年，我还总是扬扬得意、笑容满面的。那时我们的收入很好。当然，那些动物总是因为太关切被偷窃的家人，被我们逮到。它们的肉成为我们口中的美食或出售的商品。但很快我就笑不出来了。我置身于没膝的猴子头颅和黑猩猩躯干中。

小男孩们手持小刀，接受训练，学着在动物身上划出狭长的切口，将肾脏剜出来。正是在这些动物肾脏上，身穿白大褂的那些人培养着他们珍贵的"细菌培养物"。

猴子和猩猩在工厂的一端被人饲养和杀戮，而疫苗则从工厂的另一端被运送出去。它盛在小小的、洁净的瓶子里，瓶身上贴有亮闪闪的白色标签，瓶口盖着闪光的金属瓶帽，就这样被运送了出去。

当哈特福德的声音变得几不可闻时，我听到了一声如耳语般刺耳的刮擦声，一幅他所描述的画面不受控制地在我眼前一闪而过，声音和画面侵入了我的意识。我紧紧闭上眼睛，想驱散这一景象，可是太晚了。我感到，一整个充斥着悲伤和灾难的异世界沉甸甸地压在了我的心头。我痛苦地呻吟着,那样子和他几乎一模一样。我对自己的哀声十分震惊。可是令人吃惊的是,我的悲哀让哈特福德看上去,终于,解脱了。

他说,神父,谢谢你听我忏悔。他端详着我痛苦的表情,那惊奇的样子和他欣赏我的微笑时一模一样。就好像他一直在等待,直到确认他已经把一生经历的所有恐惧传达给了某个仍能与他共情的人。哈特福德开始发出浅浅的、窸窣的喘息声。这一声音是艾滋病楼层的每个人所熟知的。

还有许多事等着我去做。当清晨到来时,我将永远失去我的妻子、我的朋友。我疑惑地想,我的儿子们都在哪儿呢?说到这个,我的姐姐奥莉维亚又在哪里?我突然意识到,我总是依赖于她的同情和支持,正是她最先注意到那会让我妻子人生蒙羞的哭泣声。也许他们和塔希在一起。我无法动弹,不能去寻找他们。我一动不动地坐着,直到距病人发出濒死的喉音已经过去了一个小时,哈特福德——他的非洲名字也许永远不为人知——医学生,猴子和黑猩猩杀手——死了。

尽管我不是牧师,我也是个神职人员,即便是现在仍是这样。我不能容忍毫无信仰地虚度一生。但我也知道:对人类而言,没有比人世间更大、更值得恐惧的地狱了。

塔希-伊夫琳-约翰逊太太

我招供是因为我厌倦了庭审，厌倦了坐在我的律师身边。他总是这么衣冠楚楚，穿戴得这么无可挑剔。他身上总是散发着儒雅男士的气味，还酷爱倾听自己嘴巴发出的声音。对方律师同样令我恼火。

我看着他昂首阔步、自鸣得意的样子，心想，我老得可以做你的祖母了，而你站在那里，为置我于死地而争辩着。说实在的，这让我挺可怜他，我把他视作傻瓜。

我的律师这时并没有用戴戒指的手指拨弄他油腻腻的一绺卷发。趁着这一间隙，我对我的律师说：让我坐在被告席上吧。尽管他不同意我这么做，我还是不管不顾地坐了上去。我刚一坐稳，还不等工作人员拿来《圣经》，就用清晰可辨、确凿无疑的声音大声说道：是我干的。

距我最近的法官问道，约翰逊太太，你是如何下手的？我说，这他妈和你没有关系。

可是，你觉得我的供述终止了庭审吗？没有，并没有。因为接下来几天，他们还是说什么在利萨妈妈房子的灰烬堆中发现了我的剃刀，还揣测我选择了何种血淋淋的方式残害她的身体，处置她的尸首。我发现，他们的想象比我的还要病态。

第二十一部分

Part Twenty-one

塔希-伊夫琳

从沐芭蒂那里，我了解到，非洲人并不称自己的房子为"棚屋"。

她说，"棚屋"在荷兰语中是"小屋"的意思。非洲人又不是荷兰人。

我一定是这孩子的母亲。否则她不会这样鲜活地出现在我的生命中，就像一朵光彩照人、正在怒放的鲜花一样。

夜晚到来时，她会朗读书里的一些篇章，供我们思索或消遣。今晚她所读的书是一位白人殖民者作家所著的。她毕生都靠非洲人劳作供给，却无法将他们视为人类。她写道："黑人们顺应天性。他们拥有快乐的秘密。这就是为什么他们能扛住施加于他们的苦难和羞耻，存活下来。"

沐芭蒂茫然地瞪着我。我也用同样的眼神看着她。

我问道，可那到底是什么呢？她笔下的快乐的秘密？你是黑人，我也是。那么她所说的正是我们。可是我们不知道这秘密是什么。我一边欣赏着她的美貌，一边说道，不过，也许你是知道答案的。

沐芭蒂大笑起来。她说，好吧，我们都是女人。我们必须找到这一秘密。尤其要提一提的是,她还声称破译了我们人生的密码——"出生、交配和死亡"呢!我说,哦,这些嗜血的殖民者。在窃取我们的土地,挖掘我们的黄金,砍伐我们的森林,污染我们的河流,奴役我们,让我们在他们的农场上劳作,糟蹋我们,生吞我们的血肉之后,他们为什么还不放过我们?他们为什么非要写什么我们拥有多少快乐?

沐芭蒂从未问过我是否杀害了利萨妈妈。她似乎对此浑不在意。

在她离开之前,她向我承诺,她会发现快乐的秘密到底是什么,并且将答案呈现在我眼前。在此之前,她是不会让我死的。当她动身离开时,我对她说,我是个可悲的人,犯了不少错误。

没错,母亲。她一边拥抱着我,一边简短地说道,我知道你犯过错。你从未掩饰过这一点。这是你给予我的最大馈赠。

我说,你的话提醒了我。我有礼物要送你。

她说,哦?

我一直保管着小小神像尼安达——当我用双手捧起她时,我选择了脑海中浮现出来的词,为她命名——神像用我最美丽的围巾小心翼翼地包裹着。那是一条深蓝色的、洒满金色星星的围巾,就像非洲女神努特(即夜空)的身体一般。我从口袋中把它掏出来。自我得知我将被处决以来,我一直将它放在那里。我把它放在了沐芭蒂的手中。

我说,这是留给我外孙女的。

她感动地说道,你的小人偶!你知道吗?它看起来和你一模一样。说着她打开了包裹着人偶的围巾。

我说,我可不像它。我永远无法拥有那般自信、骄傲、平和的神情。我们两人都无法拥有这样的神情,因为我们总是无法这般镇定自若。不过也许你的女儿……

她说,我从没打算要生孩子。这个世界充满了太多的尔虞我诈。这尊小小的神像足以抵御这一切。她边说边亲吻着它喜气洋洋的脸。她挥舞着手臂,抵御着监狱的鄙陋,抵御着四周的噪声,抵御着楼下传来的艾滋病病房的恶臭,抵御着不过几小时后、我就要被枪击致死的消息。

你的意思是我们应该任由我们自己自生自灭,还是我们仍有希望过上健全的人生?

哦,我不知道我在说什么,母亲!我已经待得太久了。你应该休息了。晚安!

我耸了耸肩,说,很快我就会永远沉睡了。不过别担心,我会休息一会儿的。明天我想清醒一点,不要错过什么。我最后说,阿谢姆贝莱(Aché Mbele)!

她重复道,阿谢姆贝莱?

我说,是的。阿谢(Aché)是约鲁巴语,意思是"使事情发生的力量",即活力。姆贝莱(Mbele)意思是"前进",是斯瓦希里语。

她调整了两个词的次序,对我鞠了一躬,说道,哦,姆贝莱阿谢。

她替我理了发。因此我的头发尽管已经全白,却还是既浓密又轻盈,和她的头发一样。当我们拥抱时,我们用手指轻抚着的正是彼此的头发。

塔希-伊夫琳-约翰逊太太

亲爱的莉塞特:

明天早晨,我将直面行刑队,只因我杀死了一个多年前将我杀死的人。我给你写这封信时,距离你上一次尝试联系我已经过去了十年,你自己也已经亡故,相比之下,也许我受刑一事也就不那么奇怪了。你身在死亡的国度,正是这一点让我十分向往与你建立友谊。你的叔叔姆泽告诉我们,巴利人觉得天堂和巴利一模一样。他们喜欢巴利,因此对死亡没有焦虑。但如果天堂像奥林卡一样,甚至像美国一样,就有许多需要忧虑的地方。我写信给你,因为在天堂时我会需要一个朋友,一个真真切切关心我的人。

我曾以为我母亲关心我。可由于我对她承受的苦难完全感同身受,因此我才是那个总是关心她的人,我甚至对她的苦难无法释怀。由于我曾以为她和我是心意相通的,我就自以为是地认为她是关心我的。而实际上,我母亲并不具备这种能力。她身上并没有残留足够的自我意识去关心我,或是关心我的姐姐杜拉,那个在一场混乱的割礼后失血致死的杜拉,或关心她其他任何孩子。她仅仅沉浸在了自己的角色中,"她为屠夫准备好待宰的羔羊"。

说这样的话残酷吗？我觉得很残酷。可也正是因为真相残酷,所以只有说出真相、喊出真相,才能拯救我们于当下。如果我们不这么做,待我们孙辈生活的时代到来时,非洲大陆上的黑人很可能会锐减,我们的孩子在世界范围内遭受的苦难将继续成为我们的诅咒。

在我的一生中,我觉得最关心我的人一直是亚当和他的姐姐——奥莉维亚。他娶了我,而她是我最好的朋友。可是,你知道为什么我和亚当渐渐有了心灵隔阂吗？因为我帮助他开始了他在旧金山的改革派牧师生涯——不管怎么说,相较他父亲和大多数有色人种牧师的做法,他都做了更多改革。在长达五年的时间里,我每个礼拜日都坐在我们的教堂里,听亚当宣扬"兄弟之爱",这一教义是基于上帝对其子耶稣基督的爱的。每次他一提及耶稣受到的苦难,我就会焦虑不安起来。这种焦虑感困扰了我很长时间。我热爱耶稣,一直如此。可我仍然开始感到,一直聚焦于耶稣一人所受的苦难会让一个人无视其他人所受的苦难。在我成为亚当教会会众的第六个年头,我明白了,我希望我自己承受的苦难,女人和小女孩承受的苦难,成为布道的主题。她们在施暴者压倒性的力量和武器面前,仍然畏畏缩缩、躲躲闪闪的。女人自己难道不是一棵生命之树吗？她难道不是被钉在了十字架上吗？这一切并没有发生在某个久远得无从记忆的年代,而是当时当下,日复一日,在地球许许多多的土地上真真切切地发生着,不是吗？

我恳求他，只布道一次，和你的教徒讨论一次我的遭遇。

他说，讨论如此私人化的话题，会众们会觉得尴尬。不管怎么说，这么做他觉得很羞耻。

那时我已经学会享受在韦弗利的避世生活。那里的草坪上有一条长椅，长椅的一部分有阴翳遮蔽，但主体部分暴露在阳光之下，那是我的专属座位。我喜欢在那里度过礼拜天早晨，既安宁又平静。四周的青草是如此碧绿，阳光是如此和煦。湖水在远处闪着粼粼波光。我从厨房里拿了一袋面包屑，掏出碎屑给鸭子喂食。

在耶稣生活的年代，他们给女人行割礼，都是些小女孩，他知道这些吗？这个话题曾让他觉得愤怒或尴尬吗？早期的教会是不是抹去了相关记录呢？耶稣自己受过割礼，也许他还以为女人所受的割礼不过像他所受的割礼那样。因此，既然他活得好好的，那么割礼应该无碍。

还有奥莉维亚。她总是把我想得那么好，我不忍心让她失望。我告诉她，我没有杀死"桑戈"利萨妈妈。可我确实杀了她。我把一只枕头盖在她的脸上，起身压了一个小时。她关于自己人生的悲伤故事让我失去了手刃她的兴致。她曾告诉过我，一位德高望重的"桑戈"被受她割礼的某个人杀害，尸体由此人焚毁，这是符合传统的。我履行了传统对我的期待。这个传统部族社会如此巧妙地在社会对"桑戈"的感谢和社会对"桑戈"的仇恨间找到了平衡，这真是奇怪，难道不是吗？不过，当然，"桑戈"对因循传统的长老们而言，不过是个可供他们控制的女巫，是他们自己统治权的延伸罢了。

皮埃尔的出现是上天对我的恩赐。你一定会为他骄傲的。他已经答应我，要在我走后继续照顾本尼。他已经教会了本尼这么多东西，远远超出了他的老师们预计他能学到的。我希望你能见到皮埃尔——透过天堂的一扇窗户，外观正如一片绿草、一朵玫瑰，或一粒小麦，也许你是能看到他的——他正继续抽丝剥茧地破解着将我网罗在内的谜团。他说，亲爱的太太，你知道吗？在某些非洲国家，最恶毒的诅咒并不是"荡妇生养的"，而是"没行割礼的娘生养的"？

我说，不，我并不知道这个。

他说，这么说吧，这是回答某个重要问题的线索！比如，早期未受割礼的女人是哪些人？有证据显示，她们是奴隶——其他土生土长的非洲人的奴隶，或是从东部或北部发起突袭的阿拉伯侵略者的奴隶。她们本是生活在荒野或来自非洲热带雨林的女人。据我们所知，这些人个子娇小、性格温柔，能够完全融入她们的环境，喜欢——请原谅我的直率——将外阴拉长。或者也可以这么说，她们喜欢她们的外阴。这种喜好十分强烈。据观察，她们一出娘胎就在轻抚和"拉扯"那里。到她们进入青春期时，呃，她们已经逐渐长出所谓的"阴门帘"，至少欧洲人类学家普遍是这么称呼那里的。

奴役她们的人们曾接受训导，将这种自慰行为视为罪恶。他们如能克制得住，是从不抚摸生殖器的。而这些女人则因为她们宽大的阴唇和肥厚的阴蒂而被视为怪物。可说起这些民族，这些女人，鲜为人知的是，在她们自己的古老社会里，她们拥有对身体的自主权，包括对她们阴部的自主权。她们可以随心所欲地自慰。简言之，亲爱的约翰逊太太，早期的非洲女性，也就是所有女性之母，是承担了污名的，也是性解放的！莉塞特，这就是你的儿子。我仍觉得作为一个男人，他太过矮小了，可他在思想上很高大。他说，在我行刑的那一天，他会再次投身于他毕生的工作：为其他女人——也为了她们的男人——摧毁暗塔笼罩带来的恐惧。正是你告诉过他关于这座塔的事。

你我将在天堂重逢。我坚信这一点。因为你的儿子致力于破解我的苦难留下的谜团。通过他，我们已经在尘世间相逢。

现下，我突然想知道你去世时的情况了。如果先前我能真切地理解你将逝去，不再写信给我，不再生存于世间，我本该在你去世前更关注你一些。然而，过去我无法理解死亡，除非我将它视作一种已有的人生经历。而现在，濒死的体验并不让我害怕。刑场设在政府处决了众多其他犯人的地方，那是个足球场。我会拒绝将眼睛蒙住，因为这样我就能四面环视，看向远方了。我会凝神注视着远方的美景，那是一座蓝色山峰。对我而言，那一刻将成为永恒。

幸福的

塔希·伊夫琳·约翰逊

精神已然重生，肉体即将逝去

塔希-伊夫琳-约翰逊-魂灵

夹道而立的女人们已经受到警告，不允许她们歌唱。下颌棱角分明的男人们端着机关枪，面朝她们站立着。不过女人到底是女人。每一位站在道路边的女人双臂间都抱着一个带着红缎带、包裹得严严实实的婴孩。当我经过时，包裹着孩子下半身的裹布掉了下来。女人们随即将婴孩们架在肩膀或头顶上。他们在那里踢打着裸露的小腿，快活地微笑，恐惧地尖叫，偶尔还挥舞着手臂。这既是一种抗议，又是一种庆祝，威胁她们的男人们甚至意识不到这一点。

在这个紧要关头，我才意识到，因为我的双手被束缚住了，不能调节我的眼镜，因此必须艰难地斜着脑袋，才有可能找到并凝望着某座蓝色山峰。正当我因这场"军事演习"而有些分神时，我注意到，在女人们和她们光着小屁股的小女儿们身后，一座蓝色山峰正缓缓升起。而这时，她们已经列队站在我的面前，队伍有五十英尺长。我那神情专注的小小亲友团跪在她们前方。沐芭蒂敏捷地迎风展开了一面旗帜，动作快得让士兵们都来不及阻止她（他们中大多数是文盲，因此反应很迟缓）。他们所有人——亚当，奥莉维亚，本尼，皮埃尔，雷伊，还有沐芭蒂——牢牢抓住它，将它铺展开来。

只见旗帜上用大大的黑体字写道：**抵抗是快乐的秘密**！

只听见一声轰鸣，世界仿佛裂开一道豁口，而我飞了进去。我化为尘土，获得了安宁。

致读者

据估计，在今天，有九千万到一亿名居住在非洲、远东及中东国家的成年和未成年女性已经执行了生殖器切除。近期的很多媒体文章纷纷报道了美国和欧洲日益盛行的"女性割礼"。这种情况主要出现在割礼属于母国文化一部分的移民中。

下面是以生殖器切除为主题的两本优秀著作：一是阿斯马·埃尔·达瑞尔所著的《女人你为何哭泣？》(*Woman Why Do You Weep?*, London: Zed Press, 1982)，二是阿尼·莱特富特·克莱因所著的《仪式的因徒：探索非洲女性阴部切除术的奥德赛远征》(*Prisoners of Ritual: An Odyssey into Female Genital Circumcision in Africa*, Binghamton N Y: Harrington Park Press, 1989)。如想了解十九世纪美国的生殖器切除术施行情况，可以阅读 G. J. 巴克-本菲尔德所著的《半为人知生活中的恐惧：十九世纪美国男性对待女性和性的态度》(*The Horrors of the Half Known Life: Male Attitudes Toward Women and Sexuality in Nineteenth Century America*, New York: Harper & Row, 1976)。

《拥有快乐的秘密》既不是《紫颜色》的续作，也不是《我亲人的圣殿》的续作。尽管如此，这几部作品之间仍存在着显而易见的相互关联。正因为它不是一部续作，所以我动用了讲故事者的特权，重写或微调了前书中有所涉及或做过描述的一些事件，以凸显和升华当下故事的意义。

正如写作《我亲人的圣殿》时那样，我在这本书中重回《紫颜色》里最初的那个世界，只是想重拾那些在我的脑海、我的灵魂中挥之不去的人物和事件。塔希在《紫颜色》中短暂出现过，在《我亲人的圣殿》中又再次出现了。在写作这两本书时，她一直在我脑海中盘桓，深深印在我的心里。她让我最终决定，她需要一个独立成篇的故事，她值得我写作一本属于她自己的书。

对我而言，她似乎也是一个活生生的人物。

在拍摄电影《紫颜色》时，制作方做出了值得称道的努力，聘请非洲人来扮演作品中的非洲人角色。扮演塔希的年轻女子在银幕上不过出现了一刻。她是来自肯尼亚的非洲人：美丽动人、举止优雅又落落大方。一看见她，我书中的塔希就鲜活地浮现在了我的脑海中。这也让我想起，在肯尼亚，即便有这样的年轻姑娘被飞机接到洛杉矶，在电影中饰演角色，小姑娘们也还是被传统施礼者手中未经清洗的玻璃碎片、锡罐罐顶、生锈的剃刀和钝口小刀所胁迫。我将这些施礼者称为"桑戈"。事实确凿的是，在一九八二年，也就是《紫颜色》出版那一年，肯尼亚有十四名儿童死于生殖器切除引发的后续事故。直到那时，该国总统才出面禁止了割礼。时至今日，在肯尼亚，割礼仍在暗中施行着。而在其他许多非洲国家，割礼仍公开施行着。

"桑戈"一词和我所使用的许多"非洲"词汇一样，是我自创的。也许这个词，以及我所使用的其他词汇，都来自我曾经知晓的一种非洲语言，到今天才从我的无意识中浮现出来。我不知道我的非洲先祖们来自非洲的哪一部分，因此我将整片非洲大陆视作故乡。我想，我创造出了奥林卡，并视它为我所属的村落，视奥林卡人为我古老的祖先所在的部族中的一支。自然，我也将塔希视作自己的姐妹。

本书出版所得的一部分版税将用于教育成年和未成年女性，以及成年和未成年男性，让他们知晓生殖器切除的危险后果。它不仅会危及个人健康和个人幸福，还会危及施行生殖器切除术的社会整体，影响波及全世界。

姆贝莱阿谢。

艾丽斯·沃克
墨西哥，科斯塔·卡热伊斯度假区
加利福尼亚，门多西诺县
1991年1月至12月

致　谢

尽管一个人在诚实面对人生的真相时，常常会感到痛苦，我仍觉得能来人间走一遭，是何等美妙的一种经历。这是因为我们所处的时代是人类前所未见的。我们从不曾像现在这样，能够轻轻松松地从素未谋面的人和尚未经历的事中，给予和获得力量、支持和关爱。

我要感谢所有作家——包括埃丝特·奥戈莫德代（Esther Ogunmodede）、纳瓦勒·萨达维（Nawal El Saadawi）、弗朗·霍斯肯（Fran Hosken）、利拉·赛义德（Lila Said）、罗宾·摩根（Robin Morgan）、阿瓦·蒂亚姆（Awa Thiam）、格洛丽亚·斯泰纳姆（Gloria Steinem）、法蒂玛·阿卜杜勒·马哈茂德（Fatima Abdul Mahmoud），以及全世界其他许多作家——谢谢他们关于生殖器切除这一话题的著述。

我要感谢莫妮卡·舍（Monica Sjoo）和芭芭拉·莫尔（Barbara Mor），感谢她们的鸿篇巨作——《伟大的精神之母：地球宗教再揭秘》（The Great Cosmic Mother: Rediscovering the Religion of the

Earth）赋予我灵感和信念。同时也要感谢莫妮卡·舍创作出极富想象力的画作，让我感受到审美愉悦和心灵共振。

我要感谢卡尔·荣格（Carl Jung）。通过阅读他的著作，我在自我治疗的过程中真切感受到他的影响。在创作塔希接受治疗的相关章节时，我视他如尚在人世一般，并让他在塔希的治疗中发挥了积极作用。我受惠于他良多。

我要感谢我的心理治疗师，简·R. C.（Jane R. C.）。谢谢她帮助我解开了一些心结，因此我才能更好地辨识并化解塔希的心结。

我要感谢维乔文化。在过去的几年里，我欣赏到了维乔人令人赞叹的纱线画。这些纱线画让我得以超脱于当下盛行文明中一些陈腐僵化的思想陷阱。

我要感谢心理学家艾丽斯·米勒（Alice Miller）。谢谢她通过写作如此有力地捍卫儿童权益。我尤其感谢她写出了《天才儿童的悲剧》（*The Drama of the Gifted Child*）、《你不会意识到》（*Thou Shalt Not Be Aware*）和《这都是为你好》（*For Your Own Good*）等著述。

我要感谢路易斯·帕斯卡尔（Louis Pascal）。谢谢他写作了未经正式出版的文章《艾滋病是怎样发端的》（"How AIDS Began"）。该文引导我了解到一种可能性：艾滋病是因小儿麻痹症疫苗受到污染，才开始在非洲人中间传播的。

我要感谢视频《生于非洲》（*Born in Africa*）的制作者们。谢谢他们带我了解菲利·路塔亚（Philly LuTaaya）度过美好一生，又勇敢面对死亡的人生历程。这位乌干达音乐家用自己因艾滋病濒临死亡的经历警示着、教育着、开导着、激励着、深爱着他的人民。这个视频坚定了我的信念：人类慈悲的力量与人类残忍的力量是势均力敌的，而我们每个人的作为决定着哪一方力量占据上风。

感谢琼·缪拉（Joan Miura）和玛丽·沃尔什（Mary Walsh），她们是我家中女神的化身：她们帮助我调查研究、缝缝补补、充盈食材和驱散干扰。当我伸出手臂，试图握住塔希的手时，正是她们握住了我的手。

感谢罗伯特·艾伦（Robert Allen）予我友谊。

感谢琼·魏辛格（Jean Weisinger）予我陪伴。

感谢我的女儿丽贝卡（Rebecca）予我身为人母的机缘。